KB113799

우리끼리도
잘 살아

우리끼리도
잘 살아

뜻밖에 생기발랄
가족 에세이

한소리 지음

어떤
책ㅇ

프롤로그

"왜 하필이면 나에게 이런 일이 일어난 걸까? 나는 정말 잘 살고 싶었단 말이야. 42킬로미터 풀코스 마라톤도 나가고, 이혼도 하고, 제주도에 가서 올레길도 걷고. 멋지게 살 수 있다고 생각했는데, 소리야, 왜 하필 나여야만 했지?"

수자는 기분이 좋지 않을 때마다 샤브샤브가 먹고 싶다고 했고, 그럴 때면 샤브샤브 집이 위치한 상업지구로 나를 불러냈다. 고기를 완전히 끊은 나로서는 그다지 내키지 않았지만, 내가 거절하면 수자는 혼자 저녁을 먹게 되므로 내색하지 않고 약속 장소로 향했다. 우리는 5시에 만났고, 2층인가 3층에 있는 샤브샤브 집 문 앞에 다다랐으나 브레이크 타임이어서 30분 정도를 기다려야 했다.

수자와 나는 대기석에 나란히 앉아 엘리베이터 문을 바라보고 있었다. 문은 생각보다 자주 열리고 닫히기를 반복했다. 사람이 타 있을 때도 있었지만, 사람 없이 문이 열릴 때도 있었다. 그럴 때면 꼭 내 눈에만 보이지 않는 어떤 손님이 타 있지는 않을까, 그런 쓸데없는 생각을 했다. 그 많은 열림과 닫힘 속에서도 우리가 있는 층에서 내리는 사람은 한 명도 없었다. "장사가 잘 안 되나 봐" 내가 말하자 "그러게, 우리밖에 없네" 수자가 답했다.

몸을 움직일 때마다 패딩이 바스락거리는 소리가 났다. 정확히는, 패딩이 바스락거리는 소리 같은 울음소리가 엇박자로 들려왔다. 나는 고개를 돌려 수자를 바라보았다. 수자는 고개를 숙인 채 울고 있었다.

"엄마, 울어?"

///

그날에 관해선 대기석 의자에 앉아 눈물을 흘리며 "왜 하필 나여야만 했지?"라고 중얼거리는 수자의 모습 외에 아무것도 생각나지 않는다. 2인분이나 되는 소고기 샤브샤브를 수자 혼자다 먹었는지 남겼는지, 어떤 채소를 가장 많이 넣고 또다시 채

웠는지 기억나지 않는다. 수자의 말 몇 마디가 내 심장을 꽤 오래 꽉 쥐고 놓아 주지 않았으므로 다른 일을 세세하게 기억하지 못하는 것이다.

지난 11월, 수자의 생일을 축하하기 위해 수자의 집에 들렀을 때, 나는 수자에게 당신의 이야기를 써도 되느냐고 물어보았다.

"엄마. 나 우리 여자들 이야기로 에세이 쓰려고. 나중에는 책도 내고 싶어. 엄마 얘기 써도 돼?"

꼭 옆집에 누가 이사 왔더라, 자그만 흰색 강아지를 키워, 생긴 건 귀여운데 엄청나게 짖어, 목청이 좋더라는 식의 남 이야기를 하듯 덤덤한 말투로 말했다.

"써 봐. 근데 네가 뭘 안다고?"

"뭘 안다니?"

"너 나에 대해 잘 알아? 아는 게 별로 없는데 어떻게 내 얘기를 써?"

"서운하게, 내가 왜 몰라?"

집으로 가는 택시 안에서 내내 고민했다. 이 글을 쓰면서 내가 정말 수자를 하나도 모르고 있었다는 생각이 들면 어쩌지? 일찍 독립한 내가 너무나도 이기적인 인간 같아서 끔찍해지면 어쩌지?

그러나 이런 생각이 든다는 건 이미 오래전부터 이를 깨달았다는 뜻이고, 그걸 알면서도 계속해 보겠다는 뜻이다.

이 모든 이야기는 엄마와 동생의 허락을 받고 썼다. "언니, 나는 내 얘기 써도 괜찮아. 책 제목은 뭘로 하게?" 하고 관심을 보이던 동생에게 나는 "글쎄. 생각해 봐야지. 넌 뭐가 좋을 것 같은데?" 물어본 적이 있다. 동생은 "도화지 위의 그림?", "길 위를 걷다?" 같은 제목을 내놓았고, 나는 "그런 건 인터넷서점에 치면 100권도 넘게 나오겠다" 하며 동생을 놀렸다. 결국 에세이의 제목은 하고 싶은 말에 주목해 정하기로 했고, 나는 어떤 것을 말하고 싶은지 정리하는 일에는 성공했다.

우리는 우리끼리도 이렇게 해서 잘 살아요. 어떻게든 살아요. 즐겁게 살 수 있고 멋지게 살 수 있어요. 이사할 때 원래 있던 가구들은 다 버렸어요. 거금이 들어갔지만 하나도 아깝지 않았어요. 새로 시작하려고요.

요즘 세대들은 줄임말을 쓴다. "우리끼리도 잘 살아"를 줄이면 "우잘살"이다. 꼭 "우리 결혼했어요"를 줄여 "우결"이라 부르던 옛날 생각이 나기도 하고, 입에 착 달라붙는 말이기도 해서 이 제목이면 좋겠다고 생각했다.

암 진단을 받은 뒤, 20여 년 만에 이혼 도장을 찍게 된 50대 여성과 일찍 독립해 집을 나온 레즈비언 첫째 딸, 엄마와 함께 사는 바이섹슈얼 둘째 딸, 중성화한 암컷 고양이 라이까지. 우리의 더 멋진 삶을 위해 써 보기로 했다.

이야기, 라고 쓰면 뭔가 우리의 삶이 계속될 것 같은 기분이 든다. 끝이 있겠지만 끝날 기미가 보이지 않는. 매회를 거듭할수록 쌓여 가는 대본이 어디선가 굴러다니고 있을 것만 같다.

///

"엄마, 암에 걸린 게 뭐 어때서? 다행히 빨리 발견했잖아. 더 늦어졌으면 큰일이었을 거야. 머리야 다시 자랄 거고, 운동도 꾸준히 하면 되고, 그러다 보면 42킬로미터 마라톤도 뛸 수 있고, 제주도 가서 올레길도 걸을 수 있어. 이혼도 하고 멋진 사람 만나서 다시 사랑도 할 수 있고, 멋진 사람이 없더라도 나랑 멋지

　　　　　　　　　　　　　　우리끼리도 잘 살아

게 살 수 있어. 나는 결혼 같은 거 안 하고 엄마랑 평생 놀러 다 닐래."

(2장)

눈치게임

———

(3장)

자라나는 미래

——

대체 왜
그렇게 사는 거야

전 L입니다

28세 한소리. 나는 레즈비언이다. 귀엽고 사랑스러운 여자친구도 있다. 여자라고 다 좋아하는 것은 아니며, 취향도 확고하다. 쌍꺼풀이 있고, 앞머리가 있고, 단발 이상의 머리스타일에 통통한 사람을 좋아한다. 그러나 이것은 이상형일 뿐, 실제로 만나는 사람은 취향 바운더리 바깥에 있기도 하다. 당연하게도, 사랑은 겉모습만 보고 시작되는 감정이 아니니까. 첫인상은 호감을 느끼냐, 아니냐의 가벼운 기준 정도일 뿐이다.

나는 머리카락이 짧다. 입는 옷 또한 무난하고 펑퍼짐한 검정이다. 치마나 원피스, 화려한 액세서리나 화장은 그만둔 지 오래다. 이런 나를 보고 사람들은 내가 처음부터 레즈비언이었을 것으로 생각하지만, 틀린 추측이다. 나는 스물두 살 때까지 남자와만 교제했고, 무려 서른 명이 넘는 남자들과 연애했다. 그때까지는 '퀴어'에 완벽히 무지했다. 성소수자 개념이라고는 게이와 레즈비언, 트랜스젠더 이외에 아는 것이 없었으며, 로맨틱과 섹슈얼의 차이점, 성정체성과 성지향성의 다른 점을 구분하지 못했다.

우리끼리도 잘 살아

나도 여자를 좋아할 수 있었어! 이를 알게 된 계기는 아주 평범했다. 왕십리에 위치한 술집에서 친구와 술을 마시고 있는데, 술집 직원분에게 자꾸 눈길이 갔다. 한참을 고민하던 끝에 친구에게 이렇게 말했다.

"저분 연락처 물어보고 싶어."

의아했다. 왜 여자에게 이런 생각이 드는 거지? 설마 나 여자 좋아하나? 드라마나 영화 보면 이럴 때 주인공은 충격에 휩싸이며 혼란스러워하고 아니야, 아닐 거야, 라고 중얼거리며 눈물 흘리던데 나는……

기뻤다. 새로운 나를 발견한 기분이었다.

칸트는 변화를 두려워해서, 10년 동안 같은 옷을 입던 집사가 딱 하루 다른 옷을 입었다고 그 자리에서 실신할 정도였다고 한다. 그 이야기에서 나는 칸트가 아닌 칸트의 집사에 몰입했다. 이 지긋지긋한 옷은 그만 입고 싶어. 다른 사람이 뭐라고 하든 알 바 없어. 내가 입고 싶은 옷을 입겠어. 적어도 오늘 하루만큼은!

"전 L입니다!"

새 옷을 산 사람들이 #데일리룩 #신상 같은 해시태그를 붙이

17

고 인스타그램에 사진을 업로드하듯이, 그 후로 나는 내가 발견한 나를 자랑했다. 여자친구가 생기면 남들처럼 #럽스타그램 #데이트 같은 해시태그로 게시글을 올렸고, 내가 여자를 좋아하고, 여자를 만난다는 사실을 아무렇지 않게 이야기했다. 이런 식이었다. "아니 나 여자친구가……." "여친이랑 커플티 살 건데 뭐 사지? 추천 좀!" 사람들은 그런 나를 보며 혼란스러워했다. 지금 내가 뭘 들은 거지? 어떻게 반응하지? 분명 드라마나 영화에서는 커밍아웃할 때 "나 사실……"이라는 식의 회개나 고백 조로 이야기하던데. 얘 뭐지? 뭐야, 왜 이렇게 당당해?

나도 처음부터 오픈 퀴어는 아니었다. 성소수자가 살아가기에 대한민국은 절대로 좋은 거주지가 아니니까. 드러내기보다는 숨기는 쪽이 안전했고, 성소수자를 혐오하는 사람들을 설득하기보다는 아예 이야기 자체를 꺼내지 않는 편이 덜 수고스러웠다. 그런데, 이렇게 평생 살게 된다면…….

"그럼 어떻게 돼?"
"어떻게 되기는. 계속 그렇게 사는 거지."
"죽기보다 더 싫네."

우리끼리도 잘 살아

그래서 택했다. 내가 남의 눈치를 볼 바에야 남이 내 눈치를 보게 만들겠다!

자연스러운 발화는 전염성과 설득력을 동반한다. SNS 프로필에 레즈비언이라는 단어를 간판처럼 달아 놓으면, 적어도 "너…… 혹시 레즈비언이야?"라는 질문을 듣지 않을 수 있다. "여자친구 개좋아"라고 말하면 사람들은 무의식적으로 이성 커플의 이야기를 듣듯이 고개를 끄덕인다.

이는 모두가 할 수 있는 행동은 아니다. 나는 내 성적 지향을 오픈함으로써 받을 피해를 감수할 수 있는 상황에 있지만, 피해를 절대 감당할 수 없는, 감당하고자 하면 더욱더 부조리의 늪에 빠져들고 마는 사람들이 허다하다.

"죽기보다 더 싫네."

그러나 많은 사람이 죽었고,

"어떻게 되기는. 계속 그렇게 사는 거지."

거듭 숨겨야만 삶을 이어 갈 수 있는 사람들이 있다.

그 예쁘던 애는 어디 가고

나에게는 다 거기서 거기로 보이는 무난하고 시커먼 옷만 사들이는 버릇이 있다. 살이 쪄서 입지 못하게 된 옷이 있으면 친구나 가족에게 주고 큰 사이즈가 구비되어 있는 쇼핑몰을 찾아 다시 옷을 주문한다. 이렇게 살아온 지는 아마 4~5년 정도 됐을 거다. 사람들과 활발하게 소통하고 만나게 된 것은 재작년부터라, 대부분은 내가 어릴 때부터 쇼트커트였으며 지금 모습을 오래 유지했을 거라고 생각한다. 그러나 지금과는 외관부터 성격까지 완전히 상반된 상태로 나는 쭉 살아왔다.

이전에는 주로 단발이나 긴 머리였다. 집 앞에 나갈 때도 직경이 14밀리나 되는 미용 렌즈를 착용하고 풀메이크업을 해야 스스로 만족할 수 있었고, 어쩌다 렌즈를 끼지 않거나 화장을 하지 않은 날에는 고개를 푹 숙이고 사람과 대화하지 않았다. 사람들에게 어떻게 보일지가 내게는 아주 중요했고, 사람들의 칭찬이나 지적으로 스스로가 얼마나 괜찮은 사람인지 아닌지 판단했다.

우리끼리도 잘 살아

165센티미터의 키에 51킬로그램. 지금 생각하면 날씬한, 혹은 마른 편에 속했는데도 그때 나는 '살쪘다'는 콤플렉스를 갖고 있었다. 그랬기에 날씬해 보이는, 딱 달라붙는 티와 복부를 압박하는 하이웨이스트 스키니진을 입고 다녔다. 크롭티를 입을 때 뱃살이 조금이라도 튀어나오면 며칠간 굶는 일이 파다했다. 어떡해서든 크롭티를 입었다. 물론 힘들었다. 그런데도 힘듦을 이겨 낼 수 있었던 건, 내게 "날씬하다"거나 "예쁘다"고 말을 건네던 사람들 덕분이었다. 아르바이트할 때, 내가 마음에 든다며 번호를 묻던 사람들. 지금이라면 매우 불쾌했을 테지만, 그때는 기뻤다. 좋은 평가를 받는 것이 내게는 트로피와 같던 시절이었다.

이런 일도 있었다. 수자와 광명시 철산 상업지구(유동 인구가 매우 많으며, 술집이 즐비해 주말이면 사람들이 매우 많았다. 대부분 아는 얼굴이거나, 아는 사람의 아는 사람일 정도로 만남의 광장이었다)에서 술을 마시고 걷는 중이었는데, 어떤 젊은 남자가 **빠르게** 다가와 나를 불렀다. 멈춰 서서 내가 무슨 일이냐 묻자 그는 이렇게 이야기했다.

"제 친구가 그쪽이 너무 마음에 든다고 하는데 번호 좀 주면 안 돼요?"

황당했다. 딱 봐도 수자와 나는 모녀다웠고, 그런데도 이렇게 번호를 묻다니 정말 예의 없는 거 아닐까. 더군다나 자신이 직접 물어보는 것도 아니고 친구가 물어본다? 말도 안 됐다. 나는 당황한 눈으로 수자를 쳐다보았고, 일부러 큰 목소리로 물었다.

"엄마, 어떡해? 나한테 번호 달래."

여기서 문제. 수자는 어떤 대답을 했을지 고르시오.

ⓐ 미안한데 내가 얘 엄마거든요.

ⓑ 뭘 줘, 빨리 가자.

ⓒ 기타

수자의 대답은 황당했다.

"몇 살인데요?"

수자의 물음에 그 남자는 나이를 이야기했고(나보다 한 살 더 많았다), 수자는 홍홍홍(이렇게 표현하고 싶지는 않지만, 슬프게도 정말 저 단어 말고는 그 웃음을 표현할 수 있는 글자가 없다) 웃으면서 내게 말했다.

"줘라. 홍홍. 번호 홍홍홍."

이 일보다 훨씬 무례한 일들도 많이 있었다. 아르바이트를 하고 있는데 번호를 달라고 해서 거절했더니 퇴근 때까지 기다렸다가 따라온 사람, "여자친구가 있다니까요, 저 레즈비언이라니까요?" 이야기하면 거짓말하지 말라고 하는 사람, 아니면 레즈비언이라도 상관없다, 한번 만나 보자, 생각이 바뀔 수도 있다 고집하는 사람, 당시 만났던 여자친구와의 전화 통화를 스피커로 돌리면서까지 화를 내도 끝까지 물러서지 않는 사람…….

완전히 질려 버렸다. 그때부터 생겨난 것 같다. 누군가의 시선으로부터, 특정한 색의 시야에서 벗어나고 싶은 욕망이. 아침에 일어나 심각하게 붕 뜬 곱슬머리를 두 시간 동안 고데기로 펴고, 거동이 불편한 옷을 입고, 눈에 좋지 않은 미용 렌즈를 끼고, 화장품을 들고 다니며 수시로 거울을 보고 얼굴을 고치고. 그런 모든 일에 지쳐 '그냥 아무렇게나 막 살고 싶다'고 생각했다. 내 마음대로 살기 위해서는 어떻게 해야 하는지 알수 없었고, 깎여 버린 자존감을 꾸밈 없이 높이는 법을 몰랐고, 살이 쪘다고 나를 돼지라고 놀리는 사람들에게 무슨 말을 하며 화를 내야 하는지 몰랐고, 아니 화를 내도 되는지, 내가 너무 예민한 건 아닌지 생각에 휩싸여 결국은 자신을 탓하면서

죽을 때까지 이러고 살아야 하는 건 아닐까 두려웠다. 그러다
가……

　　머리를 잘랐다.

머리를 잘랐다

충동적으로 한 일이었다. 노트북을 펴고 단골 카페에 앉아 갓 나온 아이스 아메리카노를 빨대로 휘휘 젓다가 갑자기 머리를 지금 당장 잘라야겠다는 생각을 했다. 때가 되면 울리는 종이 소리를 내기 시작한 거다. 그대로 짐을 꾸려 노트북을 다시 가방에 넣고 커피를 원샷한 뒤, 자리를 박차고 나와 카페 건너편에 있는 미용실로 향했다. 사람이 많았다면 기다리는 동안 결정을 번복할 수도 있었겠지만, 그날은 이상하게 짧은 대기 끝에 미용실 의자에 안착했다. 미용사는 물었다.

"어떻게 잘라 드릴까요?"

나는 대답했다.

"쇼트커트로 잘라 주세요."

미용사는 놀란 표정으로 되물었다.

"아깝지 않아요? 하긴, 요즘 여성분들 사이에서 쇼트커트가 유행이긴 하죠. 그럼 이 뒷머리를 여성스럽게 정리해서……."

나는 고개를 저으며 힘주어 말했다.

"여성스러운 커트 말고요. 그냥 남자 머리 자르듯 잘라 주세요."

미용사는 내게 몇 번이나 후회하지 않겠냐고 물었고, 무슨 일이 생긴 거냐고, 어떤 심경의 변화가 있어서 긴 머리를 짧게 치기로 결정한 거냐고, 혹시 남자친구와 헤어졌냐고 재차 물어 댔다. 나는 침묵했다. 태어나서 처음으로 한 쇼트커트였다.

머리를 자르고 나서는 딱 달라붙는 티셔츠 대신 박스티를 입었다. 짧은 바지보다는 편한 긴 바지나 트레이닝복을 입었다. 짧은 머리에 원피스나 치마, 블라우스를 입으면 안 어울린다는 잘못된 선입견 탓이었지만, 의외로 긍정적인 효과를 보았다. 움직이기 편해지니 더욱 활동적으로 생활할 수 있었다. 크롭티를 입기 위해 살을 빼고 무리하게 굶는 일이 사라졌다. 다리가 길어 보이고 싶어서 힐을 신는 일도 없어졌다. 두 번째 해방이었다.

차림에 알맞게 얼굴 화장도 바꿨다. 기다란 속눈썹과 마스카라, 아이섀도와 아이라인을 포기하고 눈썹만 대충 그렸다. 너무 붉은 입술이 괜히 어색해 립스틱 대신 색이 연한 립밤을 발랐다. 렌즈를 사용하는 날도 서서히 줄었다. 나는 화장의 구속에서까지 벗어났다. 이것은 세 번째 해방이었고,

마지막으로 타인의 평가가 남았다. 나 자신을 더 사랑하고

존중하는 마음을 가지고자 노력했으나 절대 쉽지는 않았다.
어려웠던 이유 중 가장 큰 것은, 바로 수자였다.

"그 예쁘던 애가 왜 선머슴처럼 변해서는……."

"너 살쪘니? 아후, 돼지. 살 좀 빼. 예전엔 참 예뻤는데 지금
은 꼴 보기 싫게……."

집에 있는 내내 이런 말들이 내 뒤를 따라붙으며 나를 괴롭
혔다. 커다란 투견에게 집중 공격을 받는 기분이었다. 몇 마디
뿐이었는데 그 말들은 나를 굉장한 스트레스 속으로 밀어 넣었
고, 아무리 바깥에서 사람들의 평가를 신경 쓰지 않을 수 있다
한들, 가장 가까운 사람이 그렇게 이야기하는 데에는 어처구니
없이 무너질 수밖에 없었다.

"엄마는 진짜 왜 그래? 난 지금이 훨씬 좋아."

"아 좀, 그러지 마! 내가 좋다잖아. 난 살쪄도 돼. 지금 내가
좋다고!"

"제발 그만 좀 해 주라……."

"꼴도 보기 싫어 죽겠어. 저리 꺼져! 썩 사라져!"

"내가 그랬니? 진짜?"

"그럼 누가 그래? 나 완전 짜증났었어. 엄마 때문에 얼마나 울었는지 알아?"

"홍홍홍…… 미안해, 소리야."

"아 그렇게 웃지 마라 진짜!"

"엄마가 그땐 잘못했어. 난 그래도 울 소리가 젤 좋다."

"언젠 꼴 보기 싫고 창피하다면서?"

"말이야 그렇지. 네가 나한테 얼마나 자랑스러운 앤데?"

고작 변한 건 이것뿐인데, 나는 이전과 완전히 다른 삶을 살게 됐다.

① 홍대 거리를 지나갈 때 클럽에 오라고 잡는 사람이 없다.

② 휴대전화 대리점 직원들이 다가와서 스티커 붙여 달라고 말 걸지 않는다.

③ 택시에서 아저씨가 예쁜 아가씨 어쩌고저쩌고하지 않는다.

④ 오전 1시가 되면 우리 집 앞에 나타나 바지를 내리고 자위하던 남

자가 더는 보이지 않는다.

⑤ 어딜 가든 아무도 내게 신경 쓰지 않는다. 특히 성적 대상화 눈빛

레이더에 걸려드는 일이 없다.

⑥ 레즈라고 말하면 바로 믿어 준다(이게 가장 어이없지만 사실이다.

심지어 말 안 해도 레즈인 거 아는 사람도 많다. 억울하고 웃기다).

⑦ 내 모습이 어떻든 나를 사랑하는 사람들이 있다는 사실을 알아차

렸다.

모든 레즈비언이 검정을 입는 것은 아니지만

모든 레즈비언이 검정을 입는 것은 아니지만

우리는 맞고

해가 지면 더 선명해지는 내부

홍대 인근 반지하의 술집 안에서

우리는 매일 같은 이야기를 나눴다

어떤 겨울을 함께 보내 왔는지

어떤 신년 계획을 세울 것인지

전염병 이전에도

마스크는 일종의 패션이었으므로

우리는 자신의 얼굴을 가리는 것이

아는 사람을 모르는 척하는 일보다 훨씬 쉬웠다

이 복도는 어디서 끝나는 걸까?

우리끼리도 잘 살아

지하철 플랫폼에서 첫차를 기다리며
우리는 걸어온 길을 되돌아보았는데

우리가 밟고 지나온 바닥은 지저분한 금빛
긴 꼬리로 바닥을 쓸며 쥐들이 몰려온다

누군가 우리를 설득하려 할 때마다
우리는 전력 질주했지만
중간에서 기다리고 있던 검정이
우리를 끌어안고 놓아주지 않았고

터널 끝에서 밀려드는 경고음
지하철이 빠르게 우리를 지나친다

철없을 때 타투하고 나중에 후회하지

모든 것엔 유행이 있다. 말도, 패션도, 가게도, 음악도. "유행이 없는 것이 있을까?"라는 질문에 예전에는 "트로트"라고 대답할 수 있었지만 이제는 아니다. 누가 알았겠어? 2020년에 트로트가 대한민국을 강타할 줄. 모든 것에는 유행이 있고, 그중 나와 가장 가까운 것을 고르자면 타투가 있다.

내 몸에는 타투가 많다. 그냥 많은 것도 아니고 짱 많아 보인다. 여기서 '보인다'는 말을 쓰는 이유는 딱 하나다. 보이는 곳에만 타투를 하기 때문이다. 보이지 않는 곳에 타투를 많이 한 사람보다 내가 더 타투를 많이 한 사람처럼 보인다.

"철없을 때 타투하고 나중에 후회하지." 이런 말 많이 들었다. 적어도 나에게는 맞는 말이긴 하다. 철없어서 아무 생각 없이 타투한 건 맞으니까. 그래서 개 망했고 개 망한 타투를 아무 생각 없이 커버업하려다가 또 개 망한 커버업 타투를 가지게 됐다. 중요한 건, 여기서부터 어떤 책임감이 생겨나기 시작했다는 거다. 이렇게 망한 거, 아예 다른 곳에 예쁜 타투를 해서 시선을

우리끼리도 잘 살아

돌리자!

취업? 아르바이트? 시집? 글쎄. 처음엔 걱정이 되어서 그만할까 했다가, 진지하게 고민하기 시작했다. 나는 애초부터 직장생활에 맞지 않는 사람인데, 타투를 한다고 해서 구직에 해가 될까? 대기업에 갈 것도 아니고, 강사가 될 것도 아닌데, 괜찮지 않을까? 타투가 많은게 제약이 되지 않으려면, 내가 더 잘난 사람이어야겠지? 타투가 많지만 잘난 사람이면 매력이 된다. 반대로 타투가 많은데 아무것도 아닌 사람이면 단점으로 간주된다. 그렇다면 나는 잘난 사람이 될 수 있는가?

묻는다고 달라지는 것은 없다는 걸 알고 있으므로 가능성을 따지지 않고 무작정 도전해 보기로 했다. 재능이 있어 보이는 것은 파고, 좋아하는 것에는 시간과 비용을 들여 어떤 수를 써서라도 모든 걸 낭비했다. 어떻게 보면 한심했다. 지금도 다르진 않다. 다만, 인간은 평생 한심함을 머릿속에서 지울 수 없는 존재고, 예전의 나에 비하면 지금은 덜 한심하다는 사실에 안도한다.

예쁜 타투를 막 받았다. 예쁨은 주관적이어서, 내 친구들은 모두 내 타투를 싫어하지만 나는 내 타투가 세상에서 제일 예쁘다. 얇은 라인보단 굵은 라인을 선호하고, 컬러보단 흑백이 좋다. 의미가 있는 도안보다는 시간이 지나도 변할 게 없는 의미 없는 도안들이 좋다. 그렇게 나의 팔과 다리, 목에는 다양한 그림들이 생겨났다.

여기서 잠깐. 다음 중 나에게 있는 타투는?

① 포켓몬스터의 캐터피 ② 레드벨벳 팬클럽 로고 ③ 나방 ④ 칼을 둘러싼 뱀 ⑤ 세미콜론 ⑥ 만다라 ⑦ 장미꽃 모자를 쓴 해골 ⑧ 당당하게 서 있는 해골 ⑨ 엑스레이 찍힌 해골 ⑩ 꿀렁꿀렁한 조각상 ⑪ 명암이 잘못 들어간 튤립 ⑫ 거미줄 ⑬ 담배를 물고 있는 악마 뿔을 가진 여자 ⑭ 꼬리가 밧줄인 전갈 ⑮ 금붕어 ⑯ 제비 ⑰ 페미니스트 레터링 ⑱ 썩은 가오리 ⑲ 토막 난 하트 모양 뱀 ⑳ 인어공주 ㉑ 해파리 ㉒ 머리가 두 개고 다리가 세 개인 돌연변이 새 ㉓ 튤립 ㉔ 염소의 머리뼈 ㉕ 불길 속에 엎드린 사람

정답은, 모두 다.

타투가 조금 있을 땐 뭐라고 하는 사람들이 대부분이었는데, 아예 많아 버리니 아무렇지 않게 대하는 사람들이 늘었다. 작업을 받기 위해 숍에 가면 웬만한 타투이스트보다 내가 더

우리끼리도 잘 살아

타투가 많기도 하다.

처음 보는 사람들은 나에게 "타투이스트세요?"라고 묻는다. 아니라고, 글을 쓰는 사람이라고 답하면 다들 호기심 어린 눈을 하고 탄성을 내지른다. "역시, 글 쓰는 분이니까 이렇게 다양한 그림도 그리시고 좋네요. 어떤 글을 쓰시는지 궁금해요. 찾아봐도 될까요?" 묻기도 한다. 그때마다 기분이 이상해진다. 어? 이거 방금…… 그린라이트 맞지? 그러니까 내 말은, 타투를 내 단점으로 보는 게 아니라 하나의 매력으로 인정한 상황이 맞냐는 거다. 이런 외관을 보고 내 글이 더욱더 궁금해진다면 그거, 되게 좋은 거 아닐까? "네. 그런데 글 보고 당황하시면 안 돼요. 왜냐하면…… 대놓고 커밍아웃하거든요, 제가."

내가 웃으면 사람들도 따라 웃는다. 그리고 웃는 사람들 대부분은 내게 타투이스트를 소개받는다. 몇 달 후면 이런 연락도 온다. "저 소리 님이 추천해 주신 곳에서 타투 받았어요!" 그 사람의 개성이 들어간 타투 사진을 받아 보고 마냥 좋아 나도 웃는다. "잘 어울려요. 다음에 만나면 더 많이 자랑해 주세요!" 그렇게 하나의 공통점이 생기면 우리는 또다시 만난다.

왜 글을 쓰기 시작했어요?

대학에 갈 생각은 없었다. 꿈이 없었다. 고등학교 3학년 때까지 충실하게 놀고먹기만 했다. 부모도 내가 대학에 가리라 기대하지 않았다. 그러다가 고등학교 3학년이 되었을 때, 대학에 가기로 마음먹었다. 갑자기 철이 들었다거나 미래를 계획해서 그런 건 아니었다.

당시 연상인 남자친구가 대학교에 입학하더니 (같이 놀아 놓고서는) 나를 보고 한심하다 욕을 해댔는데, 헤어진 뒤에는 좋은 대학교에 장학생으로 다니는 언니와 사귀기까지 하는 거다. 그게 화근이었다. 어떻게 나한테 이럴 수 있지? 열받고 자존심에 상처가 났다. 저놈에게 질 수 없지. 나도 대학 가야겠다.

입학 정보를 찾기 시작했다. 문예창작과를 선택한 이유는 그저 쉬워 보였기 때문이지, 글을 사랑한다거나 많이 써 봤기 때문은 아니었다. 대뜸 시 창작 공부를 시작했다. 과외를 받고, 시집을 사고, 시집을 읽고, 문예창작과 입시를 앞둔 사람들과 스터디를 함께하면서 이런저런 모임을 가졌다. 그런 나를 보고 전 남자친구는 내가 대학에 합격하면 LG 노트북을 사 주겠다고 약속했다. 나는 더 불타올랐다. 노트북을 갖고 싶어서는 아니었고, 단지 복수심이었다. 전 남친이 새 노트북을 살 만큼의 돈을 소비하게 만들고 싶었다.

한양여자대학교에서 문예창작을 전공했다고 하면 사람들이 "왜 글을 쓰기 시작했어요?" 물어 오곤 하는데, 그럴 때마다 차마 전 남친이 재수 없고 짜증 나서 대학 가려고 쓰기 시작했다고 대답할 수는 없어 식은땀을 흘린다.

전 남자친구는 아직도 내게 노트북을 사 주지 않았다.⬛

최근 그에게서 안부 전화가 왔다. 내가 노트북을 언제 사 줄 거냐고 묻자 그는 답했다. "책 나오면 보내 줘! 그럼 사 줄게, 진짜로." 그가 약속을 지킨다면 꼭 SNS에 자랑하겠다.

책도둑

책을 훔쳤다. 고등학교 3학년 때였다. 읽고 싶은 책도, 읽어야할 책도 산더미처럼 많았으나 책 살 돈이 없었다. 학교 도서관에 희망도서를 신청해 빌려 보는 것만이 내가 할 수 있는 일이었다. 하지만 그것으로는 부족했다. 더 많은 책을 읽고 싶었고, 하나의 책을 계속해서 들여다보며 오래 읽고 싶었다.

그래서 도둑이 되기로 결심했다. 도서관 구석에서 교복 와이셔츠 속으로 책을 끼워 넣고는, 아무렇지 않은 척 몰래 도서관에서 빠져나왔다. 내가 신청한 도서는 나 말고 아무도 읽지 않으며 대여조차 하지 않는다는 사실이 내 범죄를 더욱 부추겼다. 훔쳐 온 책 중 하나는 이근화의 시집이었다. 며칠 동안은 책을 훔쳤다는 죄책감으로 힘들었지만, 그 마음은 어느새 언제 어디서든 이 시집을 마음대로 읽을 수 있다는 떨림이 되었다.

훔쳐 온 시집을 읽고, 읽고, 또 읽었다. 중독 수준이었다. 교과서 대신 시집을 가방에 넣었다. 시집을 품에 껴안고 등교하는 날이 많았다. 새벽까지 시를 읽다 잠든 어떤 날은 귀퉁이를 접은 페이지에 쓰여 있던 시가 장면이 되어 나를 찾아왔다. 자

우리끼리도 잘 살아

그마한 상영관 안에서 나는 시를 보고 듣고 또 보았다. 어느 날에는 차가운 잠에 들었고, 어느 날에는 그 속에서 처음 보는 사람들과 '우리'가 되어 점점 진화했다. 누가 누구인지 알아볼 수 없는 모습으로. 그러나 알아볼 필요가 없는 모습으로. 나는 꿈꾸는 사람이었다.

책을 훔쳐 읽으며 살던 중 하루는 학교 도서관에서 《책도둑》이라는 책을 발견했다. 깜짝 놀랐다. 설마 이건 나를 향한 경고? 도둑이 제 발 저린다고, 《책도둑》이라는 책을 본 그날 이후로 책을 훔치지 않았다. 《책도둑》은 내가 졸업할 때까지 베스트셀러 책장에 놓여 있었다.

뚝섬유원지

그날은 첫봄이었다. 단순히 3월이어서가 아니라, 혹독한 추위가 철벽처럼 에워싸고 있는 건물 안에 한줄기 빛이 드는 날이었기에 그랬다. 학교를 가기 위해서는 7호선을 타고 건대입구까지 간 다음 2호선으로 갈아타 한양대역에서 내려 셔틀버스를 타야 했다.

건대입구역에 도착하기 전 지나쳐야 하는 뚝섬유원지역이 나는 정말 좋았다. 뚝섬유원지역과 건대입구역 사이는 지하철이 지상으로 다니는 구간이었다. 바깥 풍경이 보이지 않는 어둡고 비좁은 지하에서 30분을 넘게 서 있다가 뚝섬유원지역에 도착하면 숨통이 트이는 기분이었다. 넓은 창 바깥으로는 한강이 펼쳐졌다.

그날은 1교시에 시 수업이 있는 날이었고, 지각을 밥 먹듯이 하는 평소와는 다르게 30분 더 일찍 집을 나서서 여유로웠다. 그대로 건대입구역에 내려 환승하고 학교에 도착하면 담배를 피우거나 커피를 마시고 강의실에 들어가도 될 정도였

우리끼리도 잘 살아

다. 그날따라 지하철 안은 앉아서 갈 수 있을 정도로 한적했다. 뚝섬유원지에 접근한 지하철은 평소처럼 한강 전망을 널찍하게 보여 주었는데…… 그게 문제였다. 이런 표현은 조금 유치하지만, 그 순간 나는 꼭 마법에 걸린 사람 같았다. 이전과는 다르게 폭넓게 내리쬐는 햇볕, 금빛에서 초록빛으로 바뀌고 있는 뚝섬유원지의 잔디밭, 찬란하게 빛나면서 여유롭게 출렁이고 있던 강물. 봄이 입고 있던 겨울을 천천히 벗고 있는 듯한 그 풍경을 바라보면서, 나도 모르게 자리에서 우뚝 일어나 출입구 쪽으로 걸어갔다.

그리고 내렸다. 뚝섬유원지역에서. 충동적인 행동이었다. 이러면 안 되는데, 학교에 가야 하는데…… 생각을 하면서도 내 발은 움직였다. 계단을 내려가는 동안 가슴속에서 간지러운 듯한 느낌이 자꾸 솟아올랐다. 단발의 머리카락이 살랑이는 따뜻한 바람에 흔들렸다. 지하철역을 빠져나와 뚝섬유원지 한강공원 잔디밭을 걸었다.

모든 것이 완벽했다. 나는 확신했다. 오늘은 학교에 가면 안 된다. 오늘은 무슨 일이 있어도 이곳에서 책을 읽고 글을 쓰며 노래를 들어야겠다. 그러나 수업은 어쩌지? 아무리 말 안 듣고 제멋대로인 학

생이라고 할지라도, 나는 교수님이 자신의 수업이 불만족스러
워 수업에 빠진 학생이 있다고 생각하는 것이 싫었다. 정말 수
업이 불만족스럽다면 상관없었을 테지만 그건 사실이 아니었
으니까. 결국 휴대전화를 들어 교수님 연락처를 찾았다. 그리
고 문자를 작성해 나갔다.

> 선생님, 안녕하세요. 한소리입니다. 다름 아니라 오늘 제가
> 학교 수업을 땡땡이쳐야 할 것 같습니다. 학교에 가던 중 뚝
> 섬유원지역에 저도 모르게 내려 버렸는데, 날씨가 너무나도
> 봄이어서 반드시 이곳에서 노래를 듣고 책을 읽으며 글을
> 써야겠다는 생각이 들었거든요. 마치 봄이 제 머리칼을 쥐
> 고 지하철에서 끌어내린 느낌이었습니다. 선생님 수업이 싫
> 은 건 아니지만 오늘은 교실에 앉아 있는 것보다 직접 봄을
> 느끼고 싶습니다. 출석 못 하게 되어 죄송하다는 말씀드리
> 면서, 다음 시간에 오늘 느낀 점을 시로 써서 들고 가도록 하
> 겠습니다! 감사합니다!

문자를 보낸다고 해서 마음이 가벼워지는 것은 아니었지
만, 적어도 오해는 생기지 않기를 바랐다.

　　　　　　　　　　　　우리끼리도 잘 살아

누울 자리를 찾아다녔다. 그냥 잔디 위에 누울까 했지만, 지나가는 강아지가 잔디 위에 똥을 누는 것을 보고는 찝찝해져서 털썩 누워 버리지는 못했다. 결국 커다란 대리석 조형물 위에 학과 점퍼를 벗어 두고 그 위에 드러누웠다. 하늘은 맑았고, 바람은 차면서도 따뜻했다. 바람이 부는 방향으로 사람들이 지나갔고, 개들도 지나갔다. 내가 발견하지 못했을 벌레나 낙엽 들도 지나갔을 것이다.

가방 안에는 그림책이 있었다. 아동문학을 좋아해 구매했던 책인데 그날 대리석 위에서 읽기에 최적이었다. 누워서 많은 활자를 보면 힘드니까. 더 쉽고 직관적으로 다가오는 이미지들이 안성맞춤이었다. 누워서 그림책을 넘겨 보다가, 내가 좋아하는 음악을 틀어 눈을 감고 있다가, 저 멀리 보이는 잔디섬을 보며 시도 한 편 썼다. 잠든 아이의 흰 무릎에서는 철쭉이 무성하게 자라난다는 소문에 관한 시였다.

그때, 답장이 왔다. 교수님이었다. 답장이 올 거라고는 상상도 못 했기에, 당황해서 자리에서 벌떡 일어나 자세를 고쳐잡았다. 앞에 교수님이 있는 것도 아닌데, 괜히 예의를 차려야할 것 같은 기분이 들어서 긴장도 했다. 그렇게 조마조마해하면서 휴대전화를 들어 문자를 확인했는데……

이런 답장이 와 있었다.

그날, 동기 한 명을 더 꼬여 뚝섬유원지로 불렀다. 그 친구도 나를 따라 땡땡이를 쳤다. 우리는 뚝섬유원지에서 시 이야기도 하고 그림책을 함께 읽기도 하며 시간을 보냈다. 무엇보다도, 수업을 '당당히' 빠졌다는 사실에 우리는 들떠 있었다. 헤어짐이 아쉬워 맥주를 두 캔씩 마시고 나서야 우리는 각자 귀가했다.

책상 앞에 앉아 수업을 듣는 일은 귀하다. 하지만 책상 앞에 앉아 있어서는 배울 수 없는 것들도 있다. 나는 이를 뚝섬유원지에서 알아차릴 수 있었다. 움직이는 모든 생명체들과 가만히 자리를 지키고 있던 사물들에서 이미지의 묘사와 감각을 익혔으며, 느낌에서 끝나지 않고 그것들을 사유하고 더 멀리 뻗어나가 보는 과정도 체험했다. 이런 수업이라면 몇 번이고 좋다고 생각한 나는 그 후 종종 이런 방식으로 수업을 빠지게 될 것이라고 예상했지만 뚝섬유원지역을 다시 지나가도, 그날처럼 내리게 되는 일은 단 한 번도 없었다. 왜일까?

그로부터 6년이 지났다. 나는 아직도 책상 앞에 오래 앉아 있지 못한다. 여전히 제멋대로다. 하고 싶은 게 있으면 하고, 하기 싫은 게 있으면 안 한다. 그런데 이런 내가 싫거나 한심하게 느껴지진 않는다. 오히려 좋다. 이것도 경험의 일부며, 그런 경험이 도움이 되는 상황은 어떻게든 또 찾아온다고 믿는다. 만일 그때 교수님이 답장하지 않았더라면 그날의 나와 지금의 나는 어땠을까? 교수님이 좋다, 그게 공부다, 라고 말해 주는 대신 불성실하고 예의 없는 학생이라며 화를 내셨다면?

내 머릿속으로만 돌려 보는 가정들일 뿐, 그런 가정들이 실제 있던 일이 되지는 않는다. 그래서 나는 아직도 그날을 기억한다. 그날을 후회하지 않는 내가 후회하지 않게 된 이유를 떠올리면서 혼자 즐거워하기도 한다. 그날 내가 쓴 시에는 이런 문장이 있다.

그는 화단에 앉아 먼지처럼 피어오르는 이야기들을 내게 들려주었다.

우울증을 앓고 있는 사람

누군가에게 뜬금없이 사랑한다고 문자를 보냈을 때, '읽음' 표시가 뜨자마자 전화가 걸려 오는 것은 꽤 슬픈 일이다. 적어도 내게는 그렇다. 얼마 전에도 수자에게 "엄마, 사랑해"라고 카톡을 보냈는데 바로 전화가 걸려 왔다. 윤희에게 보냈을 때도 그랬다. 그들은 내가 혹여 죽음의 문턱 앞에 서서 마지막 유언을 남기고 있는 걸까 봐 걱정한다.

나는 우울증을 앓았다. 과거형이 아니다. 지금도 꾸준히 신경정신과에 내원해 약을 받는다. 약 없이는 생활을 제대로 할 수 없다. 그러나 과거에 비하면 지금은 스스로를 훨씬 많이 파악하고 있는 상태고, 우울증을 잠시라도 극복해 낼 방법을 알고 있다. 그래서 "앓았다"라고 쓰고 싶었다.

우울증은 전조 없이 어느 날 갑자기 불청객처럼 찾아온다. 사이버 대학교에 재학하며 당구장 아르바이트를 하고 있던 시절이었다. 오렌지주스 병을 끌어안고 당구장 텔레비전으로 박근혜 전 대통령 탄핵 방송을 보다가 울었던 기억이 나는 걸 보면, 아마 2017년 3월 10일 즈음이었을 거다.

우리끼리도 잘 살아

오전 11시. 항상 그랬듯 출근하자마자 가게 간판을 켜고 화장실로 들어가 물청소를 한다. 화장실 상태가 좋지 않아서, 청소하는 내내 숨을 참는다. 숨 참느라 죽는 줄 알았다고 또 혼자 투덜거린다. 젖은 고무장갑을 세면대에 걸쳐 놓고 냉장고로 향한다. 그날 사용할 수 있는 음료의 양이 어느 정도 되는지 눈대중으로 측정해 본다. 아이스티가 들어 있는 페트병은 열 통이 넘는데, 아이스커피가 들어 있는 페트병은 고작 두 통이다. 아이스티라면 훨씬 더 쉬웠을 텐데. 나는 연달아 틱틱대며 커피, 설탕, 프림을 커다란 주전자 안에 넣는다. 뜨거운 물을 받고, 나무 주걱으로 열심히 안을 젓는다. 다음 날까지 사용할 수 있는 아이스커피 페트병이 만들어진다. 냉장고를 정리하고 손을 탈탈 턴다. 검은 티셔츠에 프림이 조금 묻어 있다.

하루도 거르지 않고 오는 단골들이 그날따라 이상하게 나타나지 않는다. 아주 간혹 그들도 쉬는 날이 있다던데, 오늘이 바로 그날인가 보다. 사람 한 명 없이 조용한 당구장 실내가 마음에 든다. 휴대폰으로 노래를 마음껏 틀어 놓아도 뭐라 할 사람이 없다. 나는 좋아하는 레드벨벳의 노래를 앨범째로 재생하고 천천히 당구장 바닥을 물걸레질한다. 가장 먼저 들려오는 노래는 〈행복〉이라는 노래다. 전주에 맞춰 응원 구호를 외쳐 대면서 당구대 사이를 구석구석 닦는다. 배주현, 강슬기, 손승완, 박수영, 김예림, 레드벨벳!

플레이리스트는 인기순으로 재생되고, 이번에 흘러나오는 노래는 〈빨간 맛〉이다. 여름에 발매된 곡으로, 아주 큰 인기를 끌었던 만큼 멜로디가 통통 튀고 시원시원하다. 나는 이 노래의 응원법도 알고 있어서, 또 홀로 응원 구호를 외치며 리듬을 탄다. 지나온 당구장 바닥이 햇볕 때문인지 벌써 다 말라 있다.

그러니 말해, 그러니 말해. 너의 색깔로 날 물들여 줘. 정확히 이 구절이 나올 때 나는 볕이 들지 않는 당구장 구석 바닥을 걸레질하고 있었고, 기분은 정말 아무렇지 않았다. 조용하고 평화로워서 좋다고만 생각했다. 그런데 갑자기 왈칵 눈물이 터진다. 왜지? 왜 갑자기 내가 울고 있지? 울음이 멈추지 않는다. 눈물은 광대를 타고 흘러내려 바닥에 뚝뚝 떨어진다. 조금만 과장해서 말해 보자면 이때 내가 흘린 눈물은 대걸레를 흠뻑 적실 정도였다. 나는 울 때 정말 엉엉 크게 소리 내어 운다. 그것 때문에 남들 앞에서 우는 일은 거의 없었다. 정말 누가 죽은 것처럼 운다니까, 하고 말하던 친구들의 반응도 한몫했다.

우리끼리도 잘 살아

다리에서 힘이 쭉 풀린다. 바닥에 주저앉는다. 계속 울기만 한다. 우는 내내 아무것도 생각하지 않는다. 그렇게 5분 정도를 울다가, 방전된 배터리처럼 갑자기 울음을 뚝 그친다. 자리에서 일어나고, 아무 일도 없었다는 듯이 대걸레를 쥐고 바닥을 마저 닦기 시작한다.

우울증을 앓고 있는 사람은 자신이 우울한 것을 전혀 깨닫지 못하는 경우가 많다. 죽고 싶다고 생각하지는 않지만, 대신 무기력한 삶을 살고 싶지 않다는 욕망을 자신도 모르게 품게 된다.

그리고 그것은 어느 시절 나의 유일한 욕망이었다.

유서도 살아 있어야 쓰는 것이다

매일 쓰지 않아도 되는 일기는 없을까? 왜 나는 일기를 매일 써야 한다는 강박에 사로잡혀 있는 걸까? 내일이 없는 사람에게 일기가 정말 필요한 걸까? 이런 생각을 하다가 프로젝트 하나를 진행했다. 바로, '아는사람'의 이름으로 시작한 첫 번째 프로젝트, 〈유언집〉 출간이다.

크라우드 펀딩을 잘 알지 못하던 때라, 프로젝트 하나를 올리기 위해 아주 많은 실패의 과정을 거쳐야 했다. 이 프로젝트가 정말 있어야 할까? 타인에게도 유의미할까? 걱정 또한 불어났다. 그런 걱정은 곧 말로 표현 못 할 벅참과 묘한 감정으로 되돌아왔지만. 트위터에서 많은 사람들이 〈유언집〉 펀딩에 공감해 주었고 '감사하다'는 인사와 더불어 그간 자신이 겪은 자책과 자괴의 경험을 더해 주었다.

〈유언집〉 프로젝트 소개 글은 다음과 같다.

저는 20대 여성이자 퀴어며, 4년째 우울증을 앓고 있는 환자입니다. 몸에 있는 수많은 문신은 목숨을 스스로 포기하려

했던 시도의 횟수와 꽤 비례하는 것 같습니다. 그런데도 살아가고 있고, 그런데도 살고 싶다는 저항의 흔적입니다. 아는 사람 모두가 잘 '살' 수 있기를 바라며, '아는사람'의 첫 프로젝트인 〈유언집〉을 기획하고 진행하게 됐습니다.

나를 태어나게 한 존재에 대해 골몰한 적이 있습니다. 신이 있다면 어째서 나를 태어나게 했으며, 어째서 삶의 시작에 내 동의는 없었는지를 오래 생각하며 원망의 나날들을 보냈습니다.

오늘만 잘 살아 보기로 결심합니다. 내일은 죽을 것 같으니 오늘은 꼭 할 수 있는 것을 원없이 해 보기로 다짐합니다. 그러면 내일이 옵니다. 내일은 또 오늘이 되며, 오늘의 내일은 또 오늘이 됩니다. 아이러니한 감각입니다.

만성이 되어 버린 우울증을 앓으며 내가 너무 힘들게 사는 건 아닌지 수천수만 번 생각합니다. 그리고 이렇게 살면 안 되겠다는 위기감에 사로잡혀 계획을 세웁니다. 오늘은 무엇을 하고 내일은 무엇을 하고, 일기에 월 계획을 세워 그에 맞춰 활동해 보자는 마음이었습니다.

그러나 저는 하루가 지나면 그걸 쓸 힘이 남아 있지 않았습니다. 하루만 밀려도 꼭 매일 써야 한다는 압박감에, 누군가 내 일기를 보지 않을까 하는 조바심에, 밀릴수록 나 자신을 한심해하며 반성하고 또 반성합니다. 그러던 중 만들어진 것이 바로 이 〈유언집〉입니다.

유서도 살아 있어야 쓰는 것이다. 제가 늘 외치던 말입니다. 우리는 언제 죽을지 모르며, 언제 죽어도 이상하지 않을 우울을 앓습니다. 유언을 남기고 싶은 날. 오늘은 잘 살아 보고자 하는 날. 내일의 일기가 부담되는 날. 혹은 내가 느낀 여러 감정을 기록하고 싶은 날. 그런 날에 〈유언집〉을 쓰고 덮습니다.

다시는 쳐다보지 않으셔도 됩니다. 이 일기는 당신의 유언이 되어 아주 오래 남을 것입니다. 쉽게 변하고 잊히는 말들과는 다르니까요. 우리는 세상 그 어디에도 없는, 우리만의 기분을 유언으로 남김으로써 하루 더 살 수 있습니다. 덕분에 우리는 미련을 남기지 않을 수 있으며, 급할 것 없다는 마음에서 우러나는 생의 여유를 느끼게 될지도 모릅니다.

매일 쓰지 않아도 좋습니다. 유언은 일기와 다르게 매일 남겨야 하는 것이 아니기 때문입니다. 그러므로 이것을 작성할지 말지는 여러분의 선택에 달려 있습니다.

〈유언집〉 한 권이 빼곡히 채워지면 저는 이미 한 번 죽었다

우리끼리도 잘 살아

살아난 느낌이겠지요. 그렇다면 두 권을 쓰겠습니다. 그마 저도 다 쓴다면 세 권을 쓰고, 살아 있는 한 계속해서 쓰겠습니다. 계속해 보겠습니다.

우리는 이상한 사람, 특이한 사람, 위험한 사람, 피해야만 할 사람이 아닌 그저, 누군가의 '아는 사람'입니다.

대체 왜 그렇게 사는 거야

2019년 어느 날. 소리, 수자에게 〈유언집〉 프로젝트 링크가 담긴 메시지를 보낸다. 수자는 메시지를 확인하지만 한참 동안 소리에게 아무 메시지도 보내지 않는다.

소리, 집에 들어와 조용히 방으로 들어간다. 수자는 소리에게 먼저 말을 걸지 않는다. 수자는 소리에게 할 말이 없으며, 할 말이 생기더라도 어떤 말부터 꺼내야 할지 어려워한다. 수자는 지금껏 소리와 진지하게 이야기를 나눠 본 적도, 소리의 이야기를 들은 적도 없다는 걸 깨닫는다. 있어도 나 힘들고 너 힘들고 모두 힘든데 왜 유독 너만 그러냐는 말만 많이 했던 것 같다.

수자, 소리가 보낸 〈유언집〉 프로젝트의 글을 다시 읽는다. 반복해 읽는다.

소리, 방에서 나온다.

수자, 반팔을 입은 소리를 본다. 노트북 백팩을 메고 현관을 나서는 소리를 본다. 소리 양팔에 빼곡히 그려진 문신을 본다. 소리가 카페에서 돌아올 때까지 하염없이 기다린다. 밤이 되고 더 들어올 사람이 없을 시간이 돼서야 소리가 온다.

수자, 대뜸 소리를 끌어안는다. 자신도 이유를 모르겠지만 그래야 한다는 생각과 의지에 매료되어 행동한다.

"왜 이래, 뜬금없이."

소리가 당황한다.

"그래서 네가 그렇게 몸에 그림을 많이 그렸구나…… 그게 다 아파서 그런 거구나…… 힘들어서…… 나는 그것도 모르고……."

수자가 말한다.

소리, 슬며시 수자를 밀어내고 방으로 들어간다. 방문이 굳게 닫힌다.

수자, '굳게 닫힌다는 건 이런 거구나. 굳게 다친다는 말도 이럴 테지' 하고 생각한다.

소리, 바닥에 웅크린다.

담뱃재 수북이 쌓인 창틀 아래 소리가 있다. 어깨를 들썩이는 소리가 있다. 그럴 때마다 어깨 위로 떨어지는 하얀 재가 있다. 필터까지 닳은 담배꽁초가 있다. 소리가 운다. 아침이 언제 오는지도 모르고. 해가 뜨고 나서야 소리가 몸을 편다. 가장 편한 자세로. 만약 죽는다면 이런 자세로 죽어야지, 이대로 관에 들어가야지. 소리가 눈을 감는다.

수자는 출근한다. 출근 지하철에서, 버스에서, 일터에서, 점심을 먹는 마트 창고에서, 소리가 보냈던 링크를 눌러 다시 한번 글을 읽는다. 수자는 집에 가서 소리가 책을 배송하는 것을 도와주기로 마음먹는다. 집에 오는 걸음걸이가 가벼우면서도 무겁다.

///

극장에서 〈82년생 김지영〉을 보고 온 수자는 말했다.

"그래도 김지영이는 좋겠더라. 자기 사랑해 주는 가족들 있고. 71년생 추수자는 아무것도 없는데. 왜 이렇게 살아왔지? 95년생 한소리는 꼭 행복해."

소리는 아무 대답도 하지 못했다. 71년생 수자도 잘 살았잖아, 라고 말하기에는 죄책감이 들었다.

　⟩　　　　　　　　　　　　　　우리끼리도 잘 살아

유언집

"소리야, 엄마도 〈유언집〉 한 권 줘."

"엄마도 쓰게?"

"몰라. 그냥 하나 줘."

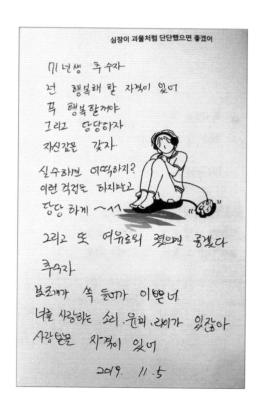

소주를 마실 수 있게 됐다

대학교를 졸업하고 회사에 취직하기 전까지는 소주를 마시지 못했다. 대체 소주가 왜 달고 맛있다는 건지 이해할 수 없었다. 나에게는 한 모금 넘기기도 힘든 알코올 맛일 뿐이었으니까. 그래서 소주에 탄산음료를 타 마시거나 맥주를 말아 먹었다. 아니면 '매화수'나 '자몽에 이슬' 같은 과실주를 마셨다.

그랬는데, 언젠가부터는 소주를 마실 수 있게 됐다. 아니, 마실 수 있게 됐다고 표현하기에는 아쉽다. 하루라도 소주를 마시지 않으면 오늘이 끝날 것 같지 않은 기분이 들었으니까.

소주를 제대로 마신 건 회사에 다니면서부터였다. 회사에서 일을 제대로 해내지 못한 날, 스스로에게 무척 화가 났다. 자존심이 세 하고자 하는 일이나 맡은 일에는 꼭 스스로 만족해야 손을 뗄 수 있는데, 그날따라 일이 도무지 손에 잡히지 않았다. 그런 내가 창피스러워 고개 숙이고 겨우 퇴근하는 중이었다. 회사에서 집으로 오는 버스를 타고 돌고 돌아 정류장에 내렸는데 속에서 울컥하고 무언가 치밀어 오르는 것이, 이대로 집에 들어간다면 영락없이 울기만 할 것 같았다.

우리끼리도 잘 살아

눈앞에 보쌈족발집이 보였다. 가게 유리창 너머로 노가리 등 여러 안주가 메뉴판에 적혀 있는 것이 보였다. 들어가도 되겠다는 확신이 들었다. 이전까지 술집에서는 절대 혼자 마시지 못했는데, 그날은 무슨 바람이 들었는지 혼자 술을 마셔 볼 용기가 났다. 구석에 있는 테이블에 앉으며 "혼자 왔어요" 작게 이야기했다. 그리고 평소 같았으면 절대 주문하지 않았을 소주 한 병을 주문했다. 바보. 시켜도 마시지 못할 거면서. 속으로 생각하며 안주를 주문하니, 젊은 사장님이 신기하다는 눈빛으로 나를 쳐다보았다. 애써 그 시선을 외면했다.

테이블 위로 노가리와 소주 한 병이 놓였다. 별 기대 없이 소주잔에 소주를 따르고 잔을 들었다. 소주를 목 너머로 삼켜 내는 순간을 아직도 잊지 못한다. 어른들 말대로, 소주는 정말 달았다. 그리고 맛있었다. 이전까지 한 모금도 넘기지 못했던 소주를 물처럼 들이켰다. 두 병을 비우고야 집으로 돌아갔다.

이후로는 소주만 마셨다. 어른이 되면 소주 맛을 알게 된다는 말이 이런 거였나. 혼술도 해 보니까 나쁘지 않았다. 뭐든 처음이 어렵다고, 두 번째부터는 혼자 술을 마셔도 아무렇지 않았다. 나는 그 가게의 단골손님이 됐다.

알코올 중독자

가게에서 소주 한 병은 4,000원에 판매되고 있었다. 술을 매일 마시게 되면서 언젠가부터는 금전 압박 때문에 술집을 자주 가지 못했다. 대신 회사를 마치고 집으로 돌아오는 길에 마트에 들러 1,300원짜리 소주 한 병과 아이스커피를 샀다. 집에 와서 아이스커피를 술안주 삼아 소주와 함께 마셨다.

돈이 없거나 속이 안 좋아 커피를 못 사는 날에는 부엌 찬장에 있는 천일염을 꺼내 왔다. 소주를 넘기고 집게손가락 끝으로 천일염을 찍어 먹는 방식으로 입안에 남아 도는 쓴맛을 지우고는 했다. 퇴근한 부모는 그런 나를 보며 혀를 쯧쯧 찼다. "어린 게 벌써 소주나 혼자 처마시고 있고." 그러면 나는 술상을 들고 내 방으로 들어가 문을 닫고 술을 마셨다. 아무도 닫힌 방문 너머의 내가 무엇을 하는지 궁금해하지 않았다. 내 방문 손잡이를 잡는 사람은 나뿐이었다.

한없이 쓸쓸할 때였다. 어떻게든 사람을 만나고 싶었다. 누군가를 만나지 않으면 내가 사람들에게서 너무나도 멀리 떨어져 있는 것처럼 느껴졌고, 혼자라는 사실이 걷잡을 수 없이 슬

우리끼리도 잘 살아

퍼졌으니까. 졸업하자마자 취직을 했기 때문에 친구들은 아직 학생이었고, 사회생활을 처음 해 보는 나로서는 조언과 공감이 필요했다. 이야기를 들어 줄 사람이라도. 그래서 매일 술 한잔하자고 사람들에게 전화를 돌렸다. 힘들고 외로우니까 만나 줄 수 있냐는 말은 굳이 하지 않는 대신 술 한잔하자고만 말했다. 그러면 어색하지 않게 만날 빌미가 만들어져서 좋았다.

사람을 만나는 날들이 늘어나자, 술에 취해 있는 시간이 길어졌다. 어떤 날은 술에 취하지 않은 시간보다 술에 취해 있는 시간이 더 많았다. 술은 오해와 억측을 낳기 딱 좋은 꼬투리가 된다. 힘들다고 사람을 많이 만나는 것이, 사람을 만나기 위해 술을 마시는 것이 능사가 아님을 깨달았을 때는 이미 너무 많은 시간과 사람들을 떠나보낸 뒤였다.

혼자 있는 연습

어쩌면 누군가와의 만남을 사소하고 당연한 것으로 인지하는 순간부터 외로움을 느끼기 시작했는지 모른다. 사람은 원래 혼자다. 누군가를 만나는 것은 오히려 특별한 일이고 감사할 일인 거다. 그렇기에 나는 혼자 있는 법을 알아야 했고, 혼자 사는 법을 배워야 했다. 익숙한 것을 낯설게 하기 위해 타인과 멀어져야 했다. 그렇지 않으면 영영 외롭고 슬플 것이었다.

이를 알아차린 날부터 혼자 있는 연습을 시작했다. 심심하고 적적할 때 타인을 만나지 않고도 지루함과 무기력함에서 벗어나는 방법을 마련해야 했다. 나 혼자서 할 수 있는 일들을 찾아 이것저것 몰두해 보았다. 프랑스 자수, 뜨개질, 스킬자수, 아크릴 페인팅, 유화 그리기, 퍼즐, 스도쿠, 보드게임, 독서, 음악 감상, 작곡, 랩, 노래, 리코더, 기타, 피아노, 전시, 포켓몬고 게임, 박물관 관람.

시간이 지났다. 혼자 있어도 외로워하거나 슬퍼하지 않는 습관이 만들어졌다. 누군가와 함께 있는 시간이 전보다 훨씬 행복하고 소중해졌다. 그러자 사람을 만나 술만 마시던 습관도 바뀌었다. 이제는 커피를 마시거나 밥을 먹고, 또는 영화를

우리끼리도 잘 살아

보며 친구들과 이야기를 나눈다. 가끔은 지난 이야기를 하면서 웃고 떠든다.

"예전엔 진짜 힘들었지. 너 기억해? 나 맨날 페이스북에 외롭다고 징징대던 거."

"아, 한소리 진짜 장난 아니었지. 너 근데 어쩌다 이렇게 변했냐?"

"정말 나 지금은 하나도 안 외롭다?"

"안 외로운 게 아니라 외로움에 잘 대처하는 건 아니고?"

"아, 맞네. 너 말 잘했다."

친구의 말을 듣는 순간, 예전에 다녔던 회사 상사가 했던 말이 떠올랐다. 김이 모락모락 피어오르는 안주와 두 잔의 술이 놓인 자리였다.

유리 감싸기

첫 회사에 다닐 때, 나를 정말 많이 챙겨 주시던 상사가 있었다. 일도 잘 못하고, 사회생활의 시옷 자도 모르던 나에게, 어른이란 무엇인지 몸소 보여 주고 말해 주며 느끼게 해 주신 분이다. 그분과 나는 퇴근 뒤에 자주 술을 마셨다. 모두의 편견을 깨부수고 나는 회식파였다(나를 만나는 사람들은 모두 다 내가 회식을 정말 싫어할 것 같다고 했다. 누군가 회식을 하자고 하면 도망을 치거나 핑계를 대며 빨리 빠져나올 것 같다고). 그리고 그분은 내게 맛있는 것을 정말 많이 사 주셨다. 태어나서 처음 먹어 보는 비싼 안주나 술 들이었다. 맛집 지도를 그릴 수 있을 정도로 회사 근처의 정말 많은 식당을 탐방하며 발 도장을 찍었다.

평소와 다르지 않은 날이었다. 퇴근 후 한잔하자는 그분의 말에 신이 나 흔쾌히 그러겠다 대답했다. 우리는 회사 근처 술집으로 향했다. 기억이 가물거리는데, 아마 이자카야였던 것 같다. 모락모락 김이 피어오르는 안주를 앞에 두고 있었던 기억은 난다. 이런저런 이야기를 나누다가, 나는 내 멘탈이 너무

우리끼리도 잘 살아

약하다는 말을 꺼내면서 고민을 털어놓았다. 너무 쉽게 멘탈이 깨지고 그것이 다 티가 나 버려서, 이런 나 자신이 싫고 어떻게 해야 하는지 모르겠다는 내용이었다.

"차장님, 전 진짜 멘탈이 너무 약한 것 같아요. 어려서 그런 걸까요?"

"음, 그런데요, 소리 씨. 사람은 누구나 멘탈이 약해요. 그건 나이와 상관없이 그래요."

"그렇구나……."

"그런데 나이를 먹으면 먹을수록 약한 멘탈을 드러내지 않는 법을 알게 돼요. 정신적으로 무너져도, 예전처럼 티를 다 내는 게 아니라 감출 수 있다는 거죠."

"……어른이 된다는 것은 그런 거 같아요."

자리를 파하고 집에 돌아오는 길에서까지 나는 그분의 마지막 말을 떠올렸다. 어른이 된다는 것은 내가 얼마나 힘든지, 내가 얼마나 무너졌고 내 상태가 얼마나 좋지 않은지를 덜 드러낼 수 있게 되는 것. 나를 감당할 수 있고 돌볼 수 있는 힘이 생기는 것.

그 후로 주변 사람들이 나와 같은 고민으로 골머리를 앓고 있을 때면, 그분이 했던 말을 똑같이 들려주었다. 그러니까 너무 걱정하지 마, 위로도 했다. "소리야, 넌 어떻게 그렇게 잘 참아?" 누군가 물으면 대답 없이 고개만 저으며 속으로 말했다. 나도, 나도 그랬어. 지금도 가끔 못 참고 터질 때가 있어.

나는 비로소 어른이 되어 가는 과정에 서 있는 것 같다. 비록 완벽한 어른이 되는 일에 실패하더라도 그분을 다시 만난다면 꼭 이야기하고 싶다. 그때나 지금이나 내 멘탈은 여전히 유리 같지만, 금 간 것을 그대로 놔두지 않고 이어 붙이거나 다른 것으로 감싸 티 나지 않게 하는 법을 알게 됐다고.

우리끼리도 잘 살아

공황장애

공황장애가 있다. 그 때문에 사람들이 많은 곳에 오래 있지 못하고, 창이 없는 곳이나 지하에 있으면 극도로 불안해진다. 증상이 아주 심할 때는 맥줏집에서 아르바이트를 하다가 창고에서 쓰러지기도 했다. 그러다 보니 벌써 5년 가까이 지하철을 타지 못했다. 창밖이 보이지 않고 빽빽하게 사람들이 많은 곳이 지하철이니까. 그래서 매우 불편하다. 지하철을 타면 금방인 곳인데도 버스나 택시를 이용해야 하므로 시간이 배로 걸리거나, 택시요금이 너무 많이 나온다.

공황장애는 생활에 아주 많은 영향을 끼쳤다. 일하고 싶은 회사가 있는데 버스로 출퇴근을 못 하는 지역이라면 포기해야 했다. 길이 너무 막혀 택시는 탈 엄두도 못 내는 강남 지역이라면 말 다 했다. 사람들도 지하철을 타지 않고 갈 수 있는 곳에서 만났고, 꼭 가야 하는 행사나 약속이 생길 땐 왕복 택시요금을 미리 계산하고 준비해 놓은 뒤 참석했다. 그러다 보니 한 달에 교통비로만 최소 20만 원이 나갔고.

공황장애 증상은 대부분 두려움으로 시작된다. 모두가 나를 응시하는 것 같고, 내가 굉장히 좁은 투명 틀 안에 갇혀 노출된 것 같다. 옴짝달싹 못 한 채로 누군가가 나에게 해를 끼칠 때까지 대기하고 있는 느낌이다. 이는 당연히 망상이다. 아무도 나를 해치지 않으니까. 하지만 공황장애는 끔찍한 일이 곧 일어날 것이라는 생각을 만들어 낸다. 자연스럽게 공황장애를 유발하는 요인들을 피해 다녔다. 아니면 발작이 곧 일어날 것이라는 두려움에 정복당하고 말았다.

공황장애가 있다는 사실은 들어서 알고 있었지만, 실제로 나의 발작을 본 적은 없는 친구들은 두 눈으로 내 상태를 보고 나서야 심각성을 깨달았다고 한다. 친구 A의 생일파티에서였다. 생일파티는 신촌의 한 술집에서 열릴 예정이었고, 내가 모르는 A의 지인들이 많이 모일 터였다. 모르는 사람들이 많을 자리가 괜히 불안해진 나는 친구 소민과 유정에게 동행을 부탁했고, 그들은 흔쾌히 나를 따라 신촌까지 가 주었다. 술집 안에서는 소란스럽게 파티가 열리고 있었다. 여러 개의 이벤트, 주어지는 술, 부딪히는 잔의 소리…… 머리가 아파 오고 사위가 아득해져 옴을 느꼈다. 발작의 조짐이 온 것이다. 속이 빠르게 뒤틀리기 시작했다. 그래도 참았다. 나를 이겨 내고 싶고 친구의 생일을 끝까지 축하해 주고 싶었다.

우리끼리도 잘 살아

참고 또 참다가 생일파티가 완전히 끝이 나고서야 술집 밖으로 달려 나갔다. 문을 열고 차가운 공기를 마주하자 다리에 힘이 풀리고 눈물이 났다. 주저앉아 미친 듯이 울었던 것 같다. 두려워서. 모두가 나를 주시하는 것처럼 느껴져서. 그 주시가 착각이란 걸 알면서도 공포감이 파도 밀려오듯 들이닥쳐서. 온몸을 벌벌 떨며 울고 있는데 소민과 유정이 나와서 나를 일으켜세웠다. "어떡해, 소리야. 어떡하지? 어떻게 할까? 일단 택시 부를까?" 친구들은 거의 쓰러져 있던 나를 데리고 능숙하게 자리를 옮겨 토닥여 주었다. 좀 가라앉는 듯 보이자 택시를 타고 동네에 가자며 안심도 시켰다. 택시 안에서 나는 조금 안정을 되찾았고, 친구들은 그제야 안도의 한숨을 쉬며 말했다.

"진짜, 너무 놀랐어. 알고는 있었는데 실제로는 처음 본 거잖아."

"네가 그렇게 힘들어할 줄 몰랐어. 야, 고생 많았다. 괜찮아. 괜찮아."

나는 숨을 최대한 크게 몰아쉬며 고개를 끄덕였다. 양화대교를 지날 땐 차창을 내려 바깥 공기를 들이마시며 눈물을 닦고 코를 풀었다. 만약 오늘 소민과 유정이 동행하지 않았다면 나는 어떻게 됐을까? 상상만 해도 끔찍해져서, 눈을 감고 짧은

잠을 청했다. 다시는, 다시는 이런 일이 일어나지 않았으면 하고 바랐다. 주변 사람들에게 이런 모습을 보여 주고 싶지 않고, 걱정을 끼치고 싶지도 않으니까.

그 후로도 발작은 불쑥불쑥 나타나 나를 괴롭혔다. 괜찮아졌다고 생각하면 나타나 나를 놀라게 하고, 또 금방 무슨 일 있었냐는 듯 자취를 감추곤 했다. 원망스러웠다. 원망의 대상이 없어 화조차 못 내는 날들이 많아졌다. 나는 조금씩 움츠러들었다. 모든 외출에 예민해진 것이다.

가장 최근의 좌절은 2021년 여름에 있었다. 웹진을 주제로 대전의 모 대학교에서 특강이 열렸는데, 그곳에 강사로 초청되어 내가 가게 된 것이다. 코로나19에도 오프라인으로 참석한 사람들이 꽤 많았고, 줌(화상 채팅 플랫폼)으로 강연을 들으러 들어온 사람도 많았다. 나는 약을 먹었으니 이 정도는 괜찮겠지, 스스로를 달래려고 애쓰면서 강의를 이어 나갔지만, 결국 공황장애는 또 찾아왔다. 머릿속이 새하얘졌다. 이곳을 벗어나야 한다는 두려움, 모든 사람의 목소리가 들리는 듯한 미미한 환청과 빨라진 호흡, 떨리는 손과 몸, 굳어 버린 목. 결국 강연을 중단하고 잠시 강의실을 벗어났다.

침착하게 마음을 정리한 뒤 다시 들어가 이리저리 일을 끝

우리끼리도 잘 살아

내긴 했지만, 그날은 내게 최악의 날로 남았다. 강연을 들으러 온 사람들에게 죄송한 마음이 들었고, 아직도 공황장애로 이런 곤란을 겪어야 하는 내가 미친 듯이 싫었다. 언제까지 이렇게 살아야 하니 소리야……. 중얼거림은 서울로 가져오지 않고 대전 캠퍼스에 두었다. 하지만 그런 말들은 귀가 본능이 있어서 혼자서도 잘 돌아온다.

나의 공황장애는 치밀하다. 언제까지 이 병을 끌어안고 살아 내야 할까? 이제는 혼자서는 무리라고, 약도 들지 않는다고, 나를 도와줄 누군가가 필요하다고 생각했다.

도시에서 그녀가 피할 수 없는 것들

정말 죽으려 했었다. 생일이 지나면 꼭 더는 살아 있지 않겠다고, 반드시 성공해 내리라고 믿고 또 다짐했다. 마음 단단히 먹고 세운 계획이었지만, 다행인지 내 계획은 장렬하게 실패했다. 타의는 아니었다. 내 마음이 바뀐 거였다.

만성이 된 우울을 끌어안고 무기력하게 살던 때. 생일은 코앞으로 다가왔고 나는 생일 다음 날 목숨을 끊기로 계획했는데, 문제가 하나 있었다. 내가 죽어도 왜 죽었는지 아무도 모를 것 같았다. 무엇이 힘들어 삶을 포기하려 하는지 누구에게도 언급한 적이 없었다. 그저 인스타그램과 트위터, 페이스북 등으로 잘 살고 있는 척을 가끔 했을 뿐이었다. 만일 이 상태로 내가 사라진다면? 나와 가까운 사람들이, 내가 떠난 이유도 알지 못한 채로 조문 올 것을 상상하니 미안해졌다. 적어도 나를 사랑해 주었던 이들에게는 이유를 알려 주고 싶었다. 서운해하거나 속상해하지 않도록.

방법이 필요했다. 가까운 사람들과 일일이 만나 설명할 수

우리끼리도 잘 살아

는 없는 노릇이었다. 그렇다면, 가까운 사람들을 모두 한자리에 불러 그 자리에서 내가 직접 이야기하면 어떨까? 꽤 괜찮은 방법 같아서, 내 생일을 핑계로 모두에게 공개적으로 내 삶을 고백하고자 대본을 짰다. 그리고 '도시에서 그녀가 피할 수 없는 것들'이라는 타이틀로 생일파티를 마련했다.

〈도시에서 그녀가 피할 수 없는 것들〉은 내가 제일 좋아하는 단편 애니메이션인데, 나는 사람들 사이에 섞여 살아가야만 하는 도시에 질릴 대로 질리고, 지칠 대로 지친 뒤였으므로 그 제목이 내 상황과도 아주 잘 맞는다고 여겼다. 도시의 틈 속으로 흘러 들어가 가끔만 머리를 구멍 바깥으로 내미는 고양이.

이 일에 몰입한 나는 그럴싸한 포스터(태어나서 처음 만들어 보는 것이었는데, 의외로 괜찮아서 이후로는 일로 포스터를 만들게 됐다)까지 제작해 사람들을 초대했다. 곧 죽을 거라는 말은 안 했다. 그냥 도시의 고양이처럼 사는 우리가, 내 생일을 맞아 도시에서 잠깐 피서를 나오는 것 같은 기분으로 한곳에 모여 술을 마시고 떠드는 자리라고 설명했다.

나에게는 사람들이 많다. 여기서 '친구들'이라는 표현을 쓰지 않은 이유는 그들이 서로서로 알고 있는 친구들이 아닌 까닭이다. 초대받아 온 사람들은 총 열여섯 명이었고, 그들의 공통점이라고는 한소리라는 사람과 친하다는 것뿐, 서로를 알고 있다거나 다른 공감대가 있지 않았다. 우리는 문래동의 작은 대안 공간에서 만났고 나는 영상 하나를 틀었다.

〈내가 죽으려고 생각한 것은〉이라는 노래를 부르는 나카시마 미카의 영상이었다. 사람이 많은 홀에서 마이크를 잡고 서 있는 나카시마 미카. 한줄기 조명이 그녀를 비추고, 그녀가 노래를 시작했다. 사람들은 숨을 죽였다.

오늘은 마치 어제만 같아
내일을 바꾸려면 오늘을 바꿔야 해

우리끼리도 잘 살아

알고 있어,

그래도 내가 죽으려고 마음먹었던 것은

신발끈이 풀렸기 때문이야

매듭을 고치는 일엔 서툴단 말이야

사람들과의 관계에도 똑같이 서툴러

컴퓨터의 희미한 불빛

위층의 방에서 들리는 달그락 소리

인터폰의 차임벨 소리

귀를 틀어막는 새장 속의 소년

보이지 않는 적과 싸우는 단칸방의 돈키호테

결승골은 어차피 추악한 거야

나는 이 영상을 좋아했다. 하지만 이런 감정을 '좋아한다'라고 표현해도 될지는 살짝 고민이 됐다. 모든 가사가 내 마음 같아서, 금방이라도 울 것 같은 얼굴로 영상을 바라보고 있다가 정말로 몇 번이나 쓰러져 지칠 정도로 울고 또 울었으니까. 그러니까, 나는 이 영상을 매우 슬퍼했다고도 할 수 있다.

빔프로젝터의 빛이 향하는 벽에 시선을 고정하는 사람들

을, 나는 그들의 뒤에서 모두 보고 있었다. 아무도 한눈을 팔지 않았다. 왜 이런 걸 갑자기 튼 거야? 묻는 사람도 없었다. 노래가 계속됐고, 이제 금방 끝날 터였다. 나는 불을 켤 준비를 하고, 왜 이 영상을 틀게 됐는지 설명하기 위해 속으로 대본을 외우고 또 외웠다.

그때였다. 다리에 힘이 풀리는 것을 느끼자마자 가슴속에서 뜨거운 것이 솟구쳤다. 나는 주저앉았다.

내가 죽으려 마음먹은 것은
아직 당신을 만나지 않았기 때문이야
당신 같은 사람이 태어난 세상을
조금 좋아하게 됐어

그 전까지는 노래 막바지에 나오는 이 가사를 이해하지 못했다. 사람이 사람을 살린다는 것, 누군가가 있기 때문에 세상이 좋아진다는 것, 모두 거짓말이라고 생각했다. 결국 나를 도울 수 있는 것은 나뿐이라고 생각했다. 그런데 눈물이 터져 나왔다. 내가 뭐라고, 내 생일이라는 이유로 여기까지 시간을 내서 와 준 사람들이, 내가 설명도 없이 틀어 준 영상을 집중해

우리끼리도 잘 살아

보고 있는 모습들이, 고마웠다. 나란한 어깨들과 듬직한 등판들이 고마웠다. 비로소 노래의 마지막 말을 이해할 수 있던 순간이었다.

당황한 나는 사람들에게 들키지 않기 위해, 가까스로 일어서서 나가는 문을 잡고 열었다. 그런데 열리지 않았다. 한 번, 두 번 시도해도 똑같았다. 결국 다시 주저앉아 펑펑 울었다. 사람들이 내게 달려왔다. 나를 안아 주고, 손잡아 주고, 어깨를 두드려 주고, 같이 울어 주기도 하면서. 나는 말하려고 했던 것들을, 수없이 외운 대본의 내용을 완전히 잊어버렸다. 그것 때문에 여기 모인 거였는데, 어떡해?

뭘 어떡해, 안 죽으면 되지.

결국 내 발언 시간은 예상치 못하게 터져 버린 눈물 때문에 흐지부지 지나갔고, 우리는 테이블을 가운데에 두고 촘촘하게 모여 앉아 술자리를 열었다. 나는 누구며, 소리와는 어떻게 하다 친해지게 됐다는 소개를 한 명씩 하고 나니 어색함은 금방 자취를 감추었다. "소리 생일이니까, 축하하자!" 선물받은 케이크를 올려놓고 초를 불었다. "소원 뭐 빌었어?" 누가 물으면 "비밀이야" 대답했고, 꺼진 촛불 냄새가 은은히 사람들 사이로 퍼져 나가는 사이 "생일주는 마셔야지!" 하며 누군가 커다란 잔에 소맥을 말아 주었다. "누나, 그거 마시면 진짜 후회한다. 마실 거야?"라고 누군가 나를 말리는 순간, 자신 없었지만 "야, 괜찮아! 이것 갖고는 안 취해!" 장담하며 술을 단번에 마시는 순간, 눈앞이 캄캄해지는 순간······.

많은 순간이 지나갔다. 눈을 뜨니 새벽 5시였고, 소파에 누운 내 몸을 여러 사람의 패딩들이 덮고 있었다. 곁에는 한 겹 차림의 친구들이 앉아 있었다. "너 취해서 바로 잤잖아" 하는 친구들 얘기에 머쓱해져 자리에서 일어나 기지개를 켰다. 해가 뜰 참이었다.

생일 다음 날, 나는 죽지 않았다. 울지도 않았으며, 슬프지도 않았다. 반드시 죽고 말겠다던 내 수많은 각오와 다짐이 도시의 틈 사이로 흘러 들어가고 있었다.

당신 같은 사람이 태어난 세상에
조금은 기대해 볼게

우리끼리도 잘 살아

내 장례식을 열었다

내 장례식을 열었다. 생일 3일 전, 대관한 응암동 카페에서였다. 장례식 소식을 들은 사람들이 조문하러 와 주었다. 장례식인 만큼 모두가 검정 옷을 입고 있었지만, 분위기는 생각보다 무겁지 않았다. 내가 살아 있었기 때문이다.

이게 대체 무슨 콘셉트냐 물어보는 사람들이 많았다. 죽지 않았는데 웬 장례식이냐고, 그것도 자기 자신의 장례식을 여는 건 대체 어째서냐고 모두가 질문했다. "이따 이야기해 줄게." 사람들이 한숨을 쉬었다. 그리고 웃었다. "역시 한소리답다." 사람들이 모두 착석한 뒤, 그들 앞에 서서 내가 써 온 편지를 읽기 시작했다.

저는 딱 1년 전, 제 생일 다음 날 죽으려고 했습니다. 하지만 실패했어요. 그건 제게 소중한 사람들이 저를 위해 그 자리에 참석했기 때문이었고, 어쩌면 내가 사는 이유가 그들에게 있지 않을까 새로 깨달았기 때문입니다. 그래서 이번엔 제 장례식을 열었어요. 저는 평소 매일 이 말을 버릇처럼 달고 살았습니다. 한 번은 죽어 봐야 잘 살지 않겠냐고요. 한 번 사는 인생 말고 두 번 사는 인생이면 더 좋지 않겠냐고요. 그러다 생각했습니다. 그렇다면 내가 한 번 죽었다고 생각하면 되지 않을까? 생각만으로는 실감 나지 않으니까, 장례식을 해 보는 것은 어떨까 하고요. 장례식이나 결혼식 말고는 자신의 소중한 사람들을 한자리에 모을 기회가 없습니다. 안타깝게도 저는 여자를 좋아하고 한국은 동성혼이 법제화되어 있지 않아서 여러분께 청첩장을 돌릴 일이 없고요. 그래서 장례식을 열어 보았습니다. 내가 정말 세상을 떠났을 때 여기 모인 사람들은 나를 위해 달려와 주겠구나, 그런 생각이 들고 있는 지금입니다. 생일 3일 전에 이 이야기를 하는 이유는 딱 하나입니다. 죽으면 다시 태어날 시간이 필요하잖아요. 오늘은 제가 한 번 죽은 날이고, 3일 뒤 제 생일은 제가 두 번째로 태어나는 날입니다. 그러니 저는 오늘 생일 축하를 받지 않을 거예요. 대신 3일 뒤에 받겠습니다. 다시 태어나서 축하한다고, 두 번째 인생을 축하한다고 보내 주세요. 그럼 저는 정말 기쁠 것 같습니다. 제 장례식에 와 준 모든 분에게 감사 인사를 전하며, 제가 그동안 정말 열심히 연습한 리코더 연주를 들려 드리도록 하겠습니다.

우리끼리도 잘 살아

리코더를 꺼내 들었다. 커다란 알토 리코더였다. "왜 하필 리코더야?" 사람들이 웃었다. 사실 난 리코더를 잘 다루지 못한다. 피아노나 기타라면 더 자신 있었지만 오늘만큼은 잘하지 못하던 것을 노력해서 해내고 싶은 마음이었다. 아무리 해도 안 되는 걸 자꾸 시도하고 도전해서 멋지게 선보이고 싶었다. 그래서 리코더를 선택했고, 난이도를 올리려 소프라노 리코더가 아닌 알토 리코더로 연습했다. 연습한 곡은 영화 〈라라랜드〉의 주제곡인 〈City of Star〉였다. 사람들 앞에 서니 손발이 떨렸다. 진정하려 했지만 쉽지 않아서 두어 번을 시작하려다 망설이길 반복했다. 그러다 겨우 첫 음을 떼었을 때, 내 심장은 평소보다 세 배로 뛰었던 것 같다. 심장이, 손이, 발이, 얼굴이 터질 것 같았다.

처음엔 내 연주를 보며 웃던 사람들이 어느 순간부터 조용해졌다. 나는 그게 내 기분 탓인 줄로 알고 있었다. 정말이지, 너무 떨려서 아무것도 보이지도 않고 들리지도 않는 지경이었다. 연주를 겨우겨우 마치고 고개를 들었을 때, 떨리던 손을 리코더에서 떼어 냈을 때, 앞을 보자 정말 말도 안 되는 광경이 펼쳐져 있었다. 울고 있었다. 사람들이. 왜 울지? 알 수 없었지만, 모두가 울어서 나도 눈물이 났다. 연주가 끝나고 잠시 정적이 흐르다가, 누군가의 박수 소리가 침묵을 깼다. 그제야 숨통이 트였다. 숨을 고르고 다시 마이크를 잡았다. "저 진짜 열심히 연습했는데, 너무 떨려서 제대로 연주를 못 했어요. 원래 더 잘하는데……." 울던 사람들이 다시 웃었다. 나는 그것이 참 다행이라고 생각했다.

유품 경매 시간도 있었다. 나에게 정말 소중한 것들을 가져와 하나씩 늘어놓았다. 이건 내가 처음 글을 쓰기 시작했을 때부터 열심히 채웠던 노트, 이건 내가 프랑스에 갔을 때 정말 사랑했던 풍경만 찍은 폴라로이드, 이건 내가 너무 좋아해서 자주 입던 블라우스, 이건 내가 너무 사랑하는 가수의 음반……. 내가 아끼는 물건들이 다 주인을 찾아갔다. 아직도 그들에게 내 유품이 있다. 그 물건들이 어떻게 됐는지는 잘 모르겠지만, 언제 죽는대도 미련은 없을 것 같다. 그만큼 후련했다.

유품 경매 다음엔 편하게 술자리를 가졌다. "어? 작년에 봤던 사람 맞죠?" 구면인 사람들은 서로 아는 척을 하고, 초면인 사람들은 자신을 소개하며 친해지는 시간을 보냈다. 그날 어떻게 자리가 마무리됐는지, 어떻게 집으로 돌아갔는지는 제대로 기억나지 않는다. 많은 사람을 케어하느라 바쁘고 정신이 없었으니까. 하지만 무거운 두 손에 비해 내 마음은 너무나도 가벼워서, 그날은 내게 절대로 잊지 못할 날이 됐다.

3일이 지나 내 생일이 됐다. 자정이 지나자 무수히 많은 메시지가 쏟아지기 시작했다. 하나씩 눌러 읽어 보는데, 괜히 눈물이 났다. "소리야, 너의 두 번째 인생을 응원해." "누구보다 멋지게 살 거야. 소리야, 축하해." "소리야, 다시 태어나 줘서 고마워. 사랑해. 누구보다 너를 아껴."

3일 전 받은 선물을 가져와 포장을 뜯었다. "이거 오늘 보지 말고, 꼭 생일 당일 열어 봐. 알겠지?" 당부하던 효진 언니의 선물이었다. 포장을 뜯고 선물을 열어 보았다. 나무 필통과 연필이 있었고, 연필에는 이런 문장이 각인되어 있었다.

다시 태어난 너에게

그 연필은 아직 필통 안에 잠들어 있다. 아까워서 쓰지도 못하겠다. 가끔 내가 죽은 사람 같다는 허무한 생각이 들 때면 그 연필을 꺼내 일기나 문장을 끄적여 본다. 그럼 모든 게 잘 풀리고 해결될 것 같다는 안도가 찾아온다. 그런 날은 눈을 감으면 꿈을 꾸지 않는다. 오래 잘 수 있어 좋다.

글쓰기 모임

'감정불구'라는 글쓰기 모임을 한 적이 있다. 만나서 한 주제를 갖고 각자 글을 써 보는 모임이었다. 감정불구에서 가장 기억에 남는 주제는 '죽음'이었다. 나 자신이 어떻게 죽음을 맞이할지, 그 장면에는 어떤 노래가 가장 어울릴지 써 보는 자리였다.

죽음을 주제로 한 모임은 광명시에 있는 LP바 산울림에서 진행됐다. 산울림은 손님들에게 신청곡을 받아 틀어 주는 곳이어서 원하는 음악을 들으며 이야기를 나누기 딱 적당하다 생각해 내가 정한 장소였다.

테이블에 둥그렇게 모여 앉아, 우리는 각자 글을 쓰기 시작했다. 내가 언제, 어떻게, 누구와 무엇을 하다가 왜 죽는지. 미리 준비해 온 음악을 머릿속으로 재생, 또 재생하면서 글을 써 내려갔다. 그리고 한 명씩 돌아가며 글을 읽었다. "어, 뭔가 그렇게 죽는 거 되게 잘 어울리는데?" 어딘가 이상한 맞장구를 치기도 했다.

그리고 내 차례가 됐다. 내가 신청한 플링의 곡 〈Alive Young〉이 스피커에서 흘러나오기 시작했다. 나는 내가 쓴 글

우리끼리도 잘 살아

을 천천히 읽으며 서서히 죽음을 진행시켰다.

한소리는 평소와 달리 잔뜩 취한 모습으로 레즈비언 전용 클럽에 들어섰다. 일행은 없었다. 격양된 목소리로 바에서 술을 주문해 계속 들이켜던 한소리에게, 클럽의 직원으로 일하는 친구가 다가와 "무슨 좋은 일이라도 있었어?" 물어보았지만 한소리는 고개를 내저었다. "그냥 술 마시고 싶어서 왔어. 내가 알아서 할게, 신경 쓰지 말고 일해." 이렇게 말하고 한소리는 클럽 이곳저곳을 돌아다녔다. 춤은 추지 않았다. 리듬에 맞춰 고개만 슬쩍 흔들 뿐이었다.

시간은 어느덧 새벽 4시였다. 사람들은 하나둘씩 클럽을 나섰고, 볼거리가 줄어 심심해졌는지 한소리도 자리에서 일어나 나갈 채비를 했다. "택시라도 불러 줘?" 친구가 물었지만, 한소리는 해장할 겸 근처 피자집에서 피자나 한 조각 먹고 가겠다며 거절했다. "대신 해장술 한 병은 가져갈게" 하며 냉장고에서 맥주 한 병을 꺼내 들었다. 그렇게 외상값이 추가됐다.

클럽을 나선 한소리는 찬 공기를 맞았는데도 술에서 깨어나지 못했다. 건널목을 건너는데 몸이 말을 듣지 않아 비틀거리고 고꾸라지길 여러 번 반복했다. 그때, 주저앉은 한소리에게 대형 트럭 한 대가 돌진했다. 검은 옷을 입고 있어서 눈에 띄지 않은 것 같았다. 당황한 한소리는 손을 번쩍 들며 흔들었지만, 그의 몸은 몇 초 후 트럭에 치여 멀리 날아갔다. 경사진 바닥을 타고 맥주병이 도르르 굴러갔다. 여기, 사람이 다쳤어요! 외칠 사람도 없던 조용한 새벽 도로였다.

병원으로 이송되기 전에 한소리는 숨을 거뒀고, 며칠 뒤 그의 장례식이 열렸다. 처음 한소리의 죽음을 전해 들은 사람들은 "혹시 자살한 거 아냐?" 추측하다가, 교통사고라는 말을 듣고 난 뒤에는 끝없이 좌절했다. "이게 더 슬프다." 중얼거리는 목소리가 장례식장 복도에서 작게 울렸다.

그렇게 나는 죽었고 모임원들은 박수를 쳐 주었다.

"소리 너랑 진짜 잘 어울리는 죽음 같아. 뭐랄까, 정말 그렇게 죽을 것 같달까? 생각지도 못했던 때, 죽고 싶다는 생각이 전혀 없이 마냥 신날 때 죽음을 맞는 장면이 네 특유 성격이나 분위기랑 너무 잘 어울려."

"잘 죽었다"는 칭찬은 태어나서 처음 듣는 것이어서, 낯설고 머쓱했지만 기분이 좋았다.

우리끼리도 잘 살아

일어나지 않은 일을 상상하고, 그 상상을 구체적으로 그려 나가는 순간은 재미있었다. 글쓰기 모임은 하면 할수록 상상력을 북돋워 주었고 그간 표현하지 못했던 감정들에 솔직해질 수 있도록 도와주었다. 글쓰기 모임에서 나는 예견되지 않은 미래나 잊고 있었던 과거까지 갔다가 돌아와 그 후기나 감상을 구구절절 글로 써 나갔다. 그렇게 반년, 나는 '불구된 감정'을 이들과 함께 쓰고 나누며 한 시절을 보냈다.

모임원들이 읽어 준 죽음의 순간들을 아직도 생생히 기억하고 있다. 그들과 나는 아직 살아 있다. 부고가 전해지지 않은 것으로 가늠할 수 있다. 우리가 그려 본 죽음이 진짜 죽음과 정말 일치할지는 알고 싶지 않다. 그러니 연락도 하지 않고 만나지도 않으며 서로가 어떻게 살고 있는지 전혀 모르는 모임원들이, 어디선가 잘 살고 있었으면 좋겠다고 바란다. 그때와 비교해 보면 아주 많은 것들이 바뀐,

지금의 나처럼.

2
장

눈치

게임

눈치게임

2019년 12월, 서울에 있는 집을 계약했다. 입주 일자는 2020년 1월 20일이었다. 날짜에 맞춰 짐을 꾸렸고, 수백 권의 책을 포장해 이사할 집에 옮겨 두었다. 원래 있던 가구는 다 버리고, 필요한 가구만 신중하게 구매했다. 로망이었던 원형 카펫을 주문했고, 친구들에게 자주 선물로 주던 CD플레이어도 사서 싸구려 원목 선반 위에 비치해 두었다.

사람들이 일과를 마치고 귀가할 때, 나는 돌아갈 곳이 없었다. 휴식과 안정을 취할 수 있는 공간을 집이라고 부른다면, 집이 없는 것과 다를 바 없었다. 위층 화장실에서 물이 새는 바람에 1미터가량의 곰팡이가 넝쿨처럼 피어 내려온 벽지, 모래가 굴러다니는 지저분한 방바닥, 청소해도 끝이 없는 고양이 배설물과 냄새, 내 것이 아님에도 빽빽하게 자리하고 있는 오래된 가구들. 바닥에 누워 천장을 보면 꼭 세상의 가장 낮은 곳에서 조금씩 결핍되어 가는 기분이었다. 숨을 쉬고 싶지 않다고 생각하면 할수록 정말 숨 쉬는 일이 어려워졌다.

우리끼리도 잘 살아

내 생활을 바꾸는 일들은 내가 나를 믿지 못할 때, 어떤 일을 하든지 확신이 없을 때 일어난다. 이에 책임을 질 수 있느냐 없느냐는 오랜 시간이 지난 뒤에야 결정된다.

//

수자가 유방암 진단을 받은 것도 2019년 12월 말이었다. 당시 수자는 매 순간 슬펐고, 매 순간 아팠고, 매 순간 두려웠고, 매 순간 분노했고, 매 순간 억울했고, 매 순간 외로웠으며, 매 순간 막막했다. 또 이 모든 것을 호소했다. 새 삶이 시작될 것이라는 기대는 몇 시간의 정밀 검사와 의사의 말 몇 마디에 흔적도 없이 무너져 형태를 잃었다.

윤희도 마찬가지였다. 갓 스물이 된 윤희는 놀고 싶었다. 자유로워지고 싶었다. 친구들을 만나고, 친구들과 술을 마시고, 아침까지 놀다 집에 들어와 늦잠을 자고 싶었다. 그토록 기다렸던 스물을 제대로 활용하고 싶었다. 윤희에게도 집은 도피처나 안식처는 못 됐다. 윤희는 최대한 바깥으로, 외곽으로 나가고 싶었다.

나는 무작정 집을 나왔다. 눈치게임과 비슷했다. 가장 먼저 도망치는 사람이 책임을 면제받는 게임. 부채감이라는 것을 갖게 된 것은 그때부터다. 부채감은 마치 머리카락과도 같아서, 시간이 지나면 지날수록 길게 자라나 풍성해졌다. 아무리 자르고 고무줄로 꽉 묶어 두어도 생장을 멈출 수는 없다.

"언니, 나는 언니가 진짜 미워."

"언니 혼자 살겠다고 이렇게 나가 버린 게, 너무 미워."

"나도 놀고 싶어. 스무 살이잖아."

"이런 말 해서 미안해, 언니. 언니도 힘들 텐데."

우리끼리도 잘 살아

비밀

우리는 둥그렇게 앉아 맥주를 마시고 있었다. 세 평 남짓한 내 방은 무드등 하나로 겨우 밝혀지고 있었고, 어둠은 얼굴에 달 아오르는 열기나 화끈거림, 붉게 달아오른 피부 등을 숨기기에 용이했다. 그때 나와 내 동생은 동성 애인을 만났으므로, 네 명 의 여자들이었다. 아니다. 정확히 말하자면 네 명과 한 마리의 암컷 고양이가 함께하고 있었다.

"너희 불 끄고 여기 모여서 뭐하니?"

방문을 살짝 열고 고개를 내민 채, 수자가 물었다.

"야옹."

고양이 라이가 명쾌하게 대답했다. 수자는 어처구니없다는 얼굴로 라이에게 쏘아붙였다. 물론 장난 식이었다.

"어쭈, 너는 왜 거기 있어! 아주 다 모여서 진짜."

수자가 문을 닫자 우리는 어색하게 웃었다. 수자에게도 함 께 앉아 맥주를 마시자 했었다면 좋았을 텐데. 우리는 한 마디 도 꺼내지 못했다. 말 못 할 비밀이 있었으니까. 실은 모든 걸 알아채고 있었겠지만, 그런데도 부정하고 싶다는 수자의 마음이 등을 돌려 버린 비밀.

그런 것이 우리 자매에게는 있었다.

)

가발 찾기

풍성했던 수자의 머리카락은 항암 치료로 점점 빠지기 시작했다. 한 모자 가게에서 처음 수자의 머리를 제대로 보았다. 수자가 새 모자를 착용해 보기 위해 쓰고 있던 모자를 벗자마자 나는 무척 놀랐다. 머리가 균일하게 빠져 있는 게 아니라, 정말 주먹으로 잡아 뜯은 듯 듬성듬성 빠져 있었던 거다. 왜 수자가 외출할 때 무조건 모자를 쓰는지 이해할 수 있었다. 새 모자는 수자에게 아주 잘 어울렸지만, 뒷부분이 뚫려 있어 수자의 민머리가 훤히 드러났고, 수자는 아쉬워하며 모자를 내려놓았다. 결국 수자가 구매한 모자는 머리를 모두 감싸는 검고 커다란 벙거지였다.

이후 수자는 계속해서 내게 이런 말을 했다.

"머리 너무 흉하지? 머리 이래서 어떻게 돌아다니지? 이제 나는 여자도 아닌 것 같아."

자존감이 낮아진 수자를 보며 내가 할 수 있는 일이 없을까 수없이 고민했지만 결국 찾지 못했다. 그저 수자의 머리카락이 다시 풍성하게 자라나기를 바라거나 잘 어울리는 가발을 찾아 줘야겠다고 생각했다.

수자가 먼저 가발을 찾아 나섰다. 그런데 모질이 좋으면서 가격도 저렴한 가발은 사기 어려웠다. 항암 치료를 받는 암 환자들을 위한 가발(주로 인모를 쓴다)은 가격대가 꽤 높았다. 그래도 패션으로 몇 시간 착용하는 게 아니라 평소에 계속 쓰고 다녀야 했으므로 쉽게 상하지 않고 엉키지 않을 좋은 모질의 가발을 구해야만 했다.

수자는 여러 군데를 찾아가 봤지만 마음에 드는 가발을 찾지 못했다고 했다. 결국 수자는 윤희를 대동해 어느 헤어숍에 갔다. 그러나 아주 큰 모욕감과 불쾌감만 느끼고 돌아왔다. 가발을 찾는다는 수자의 말을 듣고 직원의 태도가 완전히 달라진 것이다.

직원이 말했다. "여기 가발 비싸요. 괜찮으시겠어요? 못 사실 텐데. 그냥 핑크에이지나 가 보세요." 그는 수자를 비꼬고 하대했다(핑크에이지로 가란 말이 하대처럼 느껴진 이유는, 핑크에이지라는 가발 브랜드를 부정적으로 봐서가 아니라 그곳이 10만 원 내외의 비교적 경제적인 가격의 패션 가발을 파는 브랜드기 때문이다. 암 환자가 오래 쓸 가발 용도로는 적합하지 않다는 걸 그 직원도 알았을 것이

우리끼리도 잘 살아

므로). 좋은 가발이면 얼마든지 지불할 마음이 있던 수자는 무척이나 속상해했다고 한다. "윤희야, 내 차림새가 이래서 그런가? 너무 없어 보이나? 내가 불쌍하고 가난해 보이나?"

그런 말을 하는 수자를 보며 윤희는 덩달아 화가 났으나, 분위기에 압도되어 그 자리에서 따지지는 못했다고 내게 털어놓았다. 나 또한 이야기를 듣고 너무 화가 나서 그 헤어숍에 전화해 불만을 제기하려고 했지만, 수자의 만류로 그만두었다.

이후 윤희가 검색해서 찾은 가게에서 수자는 자신에게 딱 맞는 가발을 만났다. 하나만 사려고 했는데, 가발의 질이 좋고 직원도 친절해서 모자에 머리카락이 붙어 있는 모자 가발도 추가로 샀다. "소리야, 어때? 좀 괜찮니?" 가발을 쓰고 머쓱하게 웃는 수자를 보며, 나는 확신이 담긴 엄지를 치켜들었다. "응, 진짜 감쪽같다. 너무 잘 어울려."

이제 수자는 더 이상 가발을 쓰지 않는다. 가발을 쓰지 않아도 될 정도로 머리카락이 자라났기 때문이다. 비록 쇼트커트지만 빈 곳 없이 풍성하게 자란 머리카락을 보며 수자는 행복해한다. 머리가 작다는 자신의 장점을 잘 살려 주는 헤어스타일 같아서 만족스럽다고, 앞으로는 기르지 않고 이렇게 다닐 거라고 한다. 그런 수자에게 나는 모자를 사 주기로 다짐한다. 오로지 패션을 위한 모자! 수자처럼 멋진 쇼트커트 여성은 세상에 더 없으리라 생각하면서.

　우리끼리도 잘 살아

분갈이 1

나무야 사랑해

하면 나무가 죽었다

아무 말도 하지 않았는데

암 투병이 시작되었다

실은 나, 당신을 남몰래

사랑하고 있었나 보군

누군가 희생하면 희생할수록

머리가 빠진다는 미신을 들은 게

언제였더라 기억나지 않았고

조금 괴로운 당신에게 식물을 주는 대신

조금 괴로운 당신에게 식물을 추천합니다▪라는 서적이 배

달됐다

찬 머리를 내놓고 있으면 건강에 좋지 않습니다

짧아진 머리카락이 두피를 찌를 테니 모자를 쓰고 자는 게
좋습니다

엄마, 엄마가 모자를 뜨는 동안 누런 털의 고양이가 야자
잎을 뜯어 먹고 있어요

뒤늦게 일어나 고양이를 들어 옮기는 당신의 두 팔뚝 아래

미리 떠 놓은 물그릇이 엎어진다

미리 떠 놓은 모자의 정수리가 젖어 간다

마룻바닥 틈으로 속속들이 뻗어 나가던

몇 갈래의 세포

슬픔은 처음부터 그 안에만 있었다

임이랑의 책 제목

우리끼리도 잘 살아

달아나는 시

〈분갈이〉라는 시는 총 두 편이다. 한 편은 웹진 〈쪽〉에 연재할 때, 그리고 SRS플랫폼에 글을 쓸 때 발표했고, 다른 한 편은 아무에게도 공개하지 않았다. 둘의 공통점이라면 내가 썼다는 것이고, 둘의 다른 점이라면 다른 시간의 내가 썼다는 것이다. 〈분갈이 1〉이 수자의 빠져 가는 머리카락에 관한 시라면, 〈분갈이 2〉는 슬픔에 적응하게 된 나를 이야기하고 싶어 쓴 시다.

모르겠다. 사실 도망치고 싶었던 것 같다. 모두 달아나는 시였다. '타인의 슬픔'이라고 말하면 수자와 내가 너무 먼 거리에 놓인 사람처럼 느껴진다. 그렇다고 '나의 슬픔'이라고 말하면 주제넘게 수자를 다 이해하고 생각하는 것처럼 느껴진다. 나는 매일 이런 두 갈래 길의 중간에서 바보같이 헤맨다. 결정도 하지 못하고 그저 그 둘을 구분 짓기에 열중하느라 어느 쪽으로 갈지 결정 내리는 법이 없다.

그래도 최선을 다해 봐야겠다. 슬픔을 처음 만든 사람처럼.

분갈이 2

죽은 것과

살아 있는 것을

하나로 통일하기 위해서는

역시

죽이는 쪽이 편하다

오래된 야자나무

잎은 카펫처럼

바닥에 수북하게 깔려 있고

뚫린 잎의 구멍 사이로

간혹

굴러다니는 머리를 보고 있었다

그래도 당신은 운이 좋은 편이야

　　　　　　　　　　　우리끼리도 잘 살아

직장까지 잘리지는 않았잖아

이런 말을 전해 들으면
삶과 죽음은

겨울의 입김과 담배 연기처럼
구분할 수 없는 장난 같다

나는
포기했던 뜨개질을
다시 배우기 시작했다

찬 머리를 내놓고 있으면
건강에 좋지 않습니다
짧아진 머리카락이 두피를 찌를 테니
두건을 쓰고 다니는 게 좋습니다

누가 그래?

미영 씨가

의사는?

아무 말도 안 하던데

슬퍼서 침묵하는 말보다

침묵해서 슬퍼지는 날들이

조금씩 촘촘해지면

누런 털의 고양이가

죽은 화분의 흙을 파헤치고 있는 풍경

뒤늦게 일어나 고양이를 들어 올리는

당신의 두 팔뚝 아래

미리 떠 놓은 물그릇이 엎어진다

미리 떠 놓은 모자의 정수리가 젖어 간다

사랑한다 말하면

사라져 주겠다고 말한 적 있었지만

아파트 십삼 층의 베란다에서

당신을 한참 내려다보곤 했다

재활용 쓰레기를

바깥에 내다 버리는

작은 점

산악대장은 그만두지만

"소리야, 이제 정말 그만두려고."

수자는 산악대장이었다. 과거형으로 말하는 이유는 수자가 얼마 전 등산 카페 공지글에 대장을 그만두겠다고 썼기 때문이다. 수자의 암 투병 사실을 모르는 사람들이 보기에는 아주 뜬금없는 하차 소식이었겠지만, 수자에게는 오랫동안 고민하고 또 망설이던 일이었다.

"그래, 나중에 다시 하면 되지."

이 말을 하면서, 나는 목소리가 조금 떨려 오는 것을 느꼈다. 거짓말을 하는 기분이었다. '나중에'라는 말 때문인지, '다시'라는 말 때문인지를 한참 생각하다, 결국 말을 더 꺼내기를 그만두었다.

"그렇지?"

"……."

"그래."

우리끼리도 잘 살아

두 딸을 낳고 평생 일만 하며 살아가던 수자는 자신이 무엇을 좋아하는지, 어떻게 해야 기분이 좋아지는지, 어떻게 쉬어야 쉬는 것인지 알지 못했다. 그저 쉬는 날엔 바닥에 누워 TV를 보았고, 밥 시간엔 밥을 먹었으며, 잘 시간엔 잠을 잤다.

나와 윤희가 함께하는 시간은 거의 없었다. 패기 넘칠 나이, 그러니까 철없을 나이의 나는 가족보다는 친구를 좇아 바깥으로 돌았다. 나와 여섯 살이나 차이가 나는 윤희는 너무도 어렸으므로, 수자와 친하게 지낸다는 것을 상상조차 할 수 없었다. 윤희에게 수자는 당연하게도 엄마일 뿐이었다.

수자는 살이 쪘고, 살이 쪄 버린 자신을 혐오했고, 그러나 살을 뺄 결심이 들지 않았고, 사실 그것은 방법을 몰라서 댄 핑계와도 같았고, 아무도 수자에게 자신을 살피라거나 자신을 이해해 보라는 조언을 주지 않았고, 줄 사람이 없었고, 수자는 점점 더 미궁 속으로 빠져들며 이렇게 사느니 죽어 버리는 게 낫지, 중얼거리는 날들을 보내다가……

산을 올랐다.

수자가 누구보다 밝은 얼굴을 하고 집으로 돌아온 날이었다. 수자는 신나 있었다. 20년을 함께 살아오면서 그렇게 들뜬 모습은 처음이었다.

들어 보니 수자는 그날 지역에 있는 작은 산을 올랐다. 정상까지 가지는 못했으나, 다음에는 꼭 정상을 찍고 오겠다고 재잘거리는 수자의 이마는 땀으로 젖어 있었고 빛났다. 툭 튀어나온 그 이마가 참 넓고 예뻤다.

얼마 뒤 수자는 정상에 올랐다 내려오기에 성공했다. 자랑하듯 신발을 벗으며 말하던 수자는, 꼭 어린이집에서 칭찬받고 엄마에게 자랑스레 우쭐대는 아이 같았다. 그날부터 수자는 자신에게 돈을 쓰기 시작했다. 처음은 등산화였다.

"제대로 산을 오르려면 제대로 된 신발이 있어야겠어." 수자는 하루종일 인터넷쇼핑에 몰입했다. 최저가 딜이 뜨거나, 저렴한 등산화가 메인에 등장하면 사이즈가 있는지부터 확인하고 잽싸게 구매 버튼을 눌렀다. 수자가 사는 신발들은 대부분 외국 제품이었다. 한국에서 알아주는 메이커는 아니지만, 경제적이고 튼튼한 수입 브랜드였다.

13,000원, 18,000원. 그렇게 저렴한 등산화들로 신발장을 채울 때마다 수자는 수집가처럼 기뻐했다. 등산 의류와 용품

우리끼리도 잘 살아

도 날이 갈수록 많아졌다. 그때부터 나는 수자에게 줄 선물을 고민하지 않아도 됐다. 수자는 늘 갖고 싶은 것이 있었고, 나는 그것을 수자에게 사 주면 됐다. 대부분이 비싸지 않은 것이었는데도, 자신의 돈으로는 차마 사지 못하겠다는 그 물건들이 수자에게는 얼마나 소중했을까?

수자는 이전처럼 살지 않았다. 수자는 자신이 더 이상 이전처럼 살지 않는다는 것을 알고 있었다. 수자는 자신이 '살고 있다'는 것을 느꼈다.

///

산을 오른 지 3년 무렵. 수자는 인터넷 등산 카페의 산악대장이 됐다. 살도 무척 많이 빠졌다. 대신 근육이 늘었고, 등산 실력도 수준급으로 늘었다. 그 인터넷 카페에서 수자는 최연소 여성 산악대장이었다. 카페 회원들의 연령대는 수자보다 높았고, 그만큼 산을 더 오래 탄 사람도 있었다.

산악대장이 되고 수자는 걱정이 늘었다. 등산 카페에 수자를 탐탁지 않게 여기는 사람들이 많다고 했다. 그들이 수자를 왜 싫어했는지, 얼마나 싫어했는지는 내가 정확히 알 수 없고 끝까지 모를 수밖에 없는 일이다. 그러나 산을 다녀온 수자의 고민거리를 들을 때마다, 나는 그들이 수자를 마음에 들어 하지 않는 까닭을 유추해 낼 수 있었다.

"소리야. 엄마는 너무 소심하고 재미가 없나 봐. 너무 인기가 없어. 열심히 산 타고 싶은데, 사람들이 엄마 공지에만 참여 댓글을 안 달아 주네. 다른 대장들은 친한 사람들도 많고, 같이 술도 마시고, 수다도 떨고 그러는데."

그러면 나는 심드렁하게 대답했다.

"사교적인 사람들이 아무래도 더 인기 많긴 하겠지. 더 친해지려고 해 봐. 말도 잘 걸어 보고. 친밀하게 다가가 봐."

수자는 매주 특정 요일마다 빠지지 않고 등산 공지를 올렸고, 아무도 오지 않았더라도 꿋꿋하게 혼자서 산을 올랐다. 누군가 오기라도 할까 항상 타인의 몫까지 과일을 챙겨서 갔고, 산행에 참여하는 사람이 있을 때 정말로 기뻐했다. 대장으로서 그 사람을 어떻게든 보필하고 이끌어 가려 했다.

그토록 열심히 하는 마음을 잘 알고는 있었지만, 그때까지는 수자의 고민 섞인 말들을 그러려니 하고 넘겼다. 동호회나 모임의 경우에는 사교적인 사람이 상대적으로 더 시선을 끌고

우리끼리도 잘 살아

사람들을 더 잘 불러들이므로. 다소 소심한 성격인 수자로서는 사람들과 친해지는 속도가 느릴 수 있다 생각했다.

그런데 어느 날은 수자가 이런 말을 했다.

"애교는 어떻게 하는 거니? 사람들이 엄마더러 애교가 너무 없대. 성격 좀 고치라는데. 엄마는 그런 거 잘 못하잖아."

"같이 노래방을 갔는데, 엄마만 못 놀더라. 술도 못 먹고. 어울리는 게 너무 힘들어. 역시 엄마 성격이 이상한 거지?"

뭔가 이상했다. 수자는 산악대장이었다. 말 그대로 산을 좋아하는 사람들과 함께 산을 오르면서, 그들을 잘 챙기고 하산하면 되는 임무를 가진 사람이었다. 그런데 왜 애교가 필요하지? 술 먹고 노는 게 어째서 사교적인 거지? 사교적인 것과 애교가 많은 것은 다른 맥락에 놓여 있다. 그러나 수자는 산악대장 일을 하면서 점점 자신감을 잃어 가고 있었다. 그리고 분명거기에는 '여자'로서의 자신감이 포함되어 있었다.

"엄마. 엄마가 잘못한 것도 아니고 나쁜 것도 아니고 이상한 것도 아니야. 왜 애교가 필요하대? 애교 없는 게 사교적이지 않은 거라고 누가 그래? 그런 말 듣지도, 신경 쓰지도 마. 사람들이 그런 걸 요구하면서 엄마더러 대장 하라고 하면 하지 마. 아니다, 해. 끝까지 해. 누가 오든, 안 오든, 뒤에서 욕을 하든 말든 해. 혼자면 혼자서라도 해. 누가 뭐라고 하든 엄마는 산악대장이야. 엄마는 엄마의 일을 잘 해내고 있을 뿐이야."

이후로도 내게 고민을 털어놓고 마음을 다잡는 일을 수십 번 반복한 뒤에야, 수자는 결심에 찬 목소리로 이렇게 말할 수 있게 됐다. 무려 4년이라는 시간이 걸렸지만 말이다.

"맞아. 내가 대장인데. 난 나답게 할 거야. 수자 아자아자 파이팅! 산악대장 나가신다! 소리야, 엄마 다녀올게!"

그런 수자의 뒷모습을 바라보며 손을 흔들다가 나는 울었다. 오로지 벅차서 울었다. 내가 그토록 벅차올랐던 이유는, 수자가 그 말을 하기까지 너무나도 오랜 시간이 걸렸다는 점에 있었다. 이제 그 모습이 슬픈 건, 그 말을 하고 난 뒤 너무 짧은 시간이 주어졌다는 것, 그리고 그런 시간들이 다 지나가 버렸다는 것을 알아차린 까닭이다.

"이젠 옛날처럼 산도 못 타겠어. 몸이 안 좋아져서."
"소리야, 이제 정말 그만두려고."

우리끼리도 잘 살아

기획하는 무지

유·유·자·적
유유자적 사랑해요!
- 사랑죠 -

오후 9:04

기획하는 무지
가운데 한라이 로
이름써주고 프린터 가능하니
명찰이야
오후 9:05

기획하는 무지
닉네임 한라이

지지배 한윤희
오늘도 나갔네
코로나가 날리인데 말이야
오후 9:06

??.

어디쏠라는데???
오후 9:09

기획하는 무지
걷기카페 명찰이라고
오후 9:09

아랏엉
오후 9:39

유·유·자·적

한라이

그래도 수자는 다시 걷는다.

명절

명절이 되면 바빠지는 사람들 사이에서 나는 혼자 한가하다. 어느 곳에도 가지 않는다. 우리 가족이 명절을 챙기지 않은 지는 꽤 오래됐는데, 반은 부모의 갈등, 나머지 반은 시골에 내려가기 죽어도 싫다는 나의 고집 때문이었다.

친가 식구들은 나를 예뻐하지 않았다. 그렇다는 말을 직접 들은 것은 아니지만, 그곳에서 며칠 지내다 보면 자연스레 알 수 있었다. 할 일도 없이 가만히 앉아 있는 나. 다른 아이들이 물건을 어지르면 나에게 치우라고 시키는 할머니. 무슨 행동을 하든 정신이 없다며 구박받느니 빨리 그곳에서 벗어나 집으로 돌아가고 싶은 마음뿐이었다. 그래서 부모에게 거기 있으면 할머니에게 하대당하는 기분이라고 말하며 친가에 가기를 거부했다. 어느 순간부터 친가에는 아빠 홀로 갔다.

외가 식구들은 나를 정말 예뻐했다. 계속 무언가를 챙겨 주는 할머니와 할아버지 사이에 앉아 있으면 기분이 몽글몽글해졌다. 기억나지 않는 내 어릴 적 사진들이 남아 있는 앨범을 구경하는 것도 즐거웠고, 할아버지의 반질반질한 대머리를 만지

우리끼리도 잘 살아

는 것도 재미있었고, 수자의 모교에 가서 운동장을 걷는 일도 행복했다.

명절이 되면 외가에 가고 싶었지만, 마음과는 다르게 내려 갈 수 없는 상황들이 생겼다. 수자와 사이가 좋지 않은 형제들 이 오기로 했다거나, 엄마 아빠의 부부싸움으로 길을 나설 분 위기가 되지 않았다거나. 외갓집에 마지막으로 방문한 게 언 제였더라. 아마 중학생 때였던 것 같다.

외할아버지와의 마지막 만남은 장례식장에서였다. 할머니 는 많이 지쳐 보였고, 수자는 한평생 울음을 참아 왔던 사람처 럼 서럽게 울었다. 더 이상 볼 수 없게 된 할아버지는 영정 속 에서도 대머리였다.

//

며칠 전, 명절이랍시고 모여 같이 밥을 먹던 수자와 나는 이런 대화를 나누었다. 명절이면 꼭 사 놓는 LA갈비와 전이 있는 점 심 식사 자리에서였다.

"엄마, 외갓집 아직도 있어?"

조심스럽게 내가 말을 꺼냈다.

"있지."

수자가 대답했다.

"거기엔 이제 누가 살아?"

"할머니 살지."

할머니. 할머니를 떠올리며 나는 지금이 아니면 언제 또 할머니를 볼 수 있을까 생각했다. 슬픈 말이지만, 사람 일은 모르는 것이고 시간은 미처 잡을 수 없이 금방 흐르니까.

"나 외갓집 너무 가고 싶어. 엄마는 안 가고 싶어?"

"엄마는 싫어."

수자는 단호하게 대답했다.

"엄마는 할머니랑 연락 안 해?"

"응."

"왜 안 해?"

"그냥 싫어."

나는 언제 물어봤냐는 듯 아무렇지 않게 다시 밥알을 씹었다. "그래도 엄마잖아, 연락해 봐. 보고 싶어 하실지도 몰라. 나도 할머니 보고 싶고." 이 말은 가까스로 물과 함께 속으로 넘겨 버렸다.

우리끼리도 잘 살아

수자는 충청도 서천군의 마서면 바닷가 동네에서 나고 자랐다. 아버지는 어부였고 어머니는 농부였다. 여름엔 바닷가에서 수영을 했고, 겨울엔 동네 논에서 놀았다. 학창시절에는 박혜성 노래 〈경아〉를 즐겨 들었고, 가수 조용필을 좋아했다. 홍어찜을 자주 먹었고, 공기놀이와 고무줄놀이를 하며 친구들과 시간을 보냈다. 비가 오는 날이면 바닷가에 가서 낙과를 주워 먹었다.

"해변에 웬 과일?" 내가 묻자,

"몰라. 어디선가 떨어진 과일들이 파도에 밀려와서 엄청 많았어. 그래서 괜찮은 것들만 주워서 씻어 먹었지. 맛있었어. 재밌었어. 좋은 시절이었지." 수자가 대답했다.

하지만 수자는 소리를 가진 뒤, 바닷가 동네를 떠나 경기도 광명으로 왔다. '다시 돌아갈 수 있을까?' 그런 생각도 해 본 적 있었지만 죄다 물거품이었다. 수자는 자신이 나고 자란 곳으로 다시 돌아가지 못했다.

나 때문이었다.

외갓집

외갓집은 아주 깊은 시골이다. 그때 내 기억으로는 그랬다. 트럭을 타고 나지도 않은 길을 만들며 꽤 가다 보면 파란 지붕의 허름한 집 한 채가 나왔다. 대충 만들어 페인트칠을 해 둔 것 같은 기와와 시멘트인지 흙인지 구분이 잘 안 되는 울퉁불퉁한 벽, 대문을 들어서면 마당으로 향하는 통로가 있고, 기역 자로 마루와 문이 있는 집이었다. 허름했지만, 꽤 널찍했다.

수자는 그곳에서 나고 자랐다고 한다. 그래서 이곳저곳에 수자의 흔적이…… 있을 줄 알았지만 하나도 없었다. 하긴 내가 떠난 집도 몇 달만 지나면 내 흔적과 자취를 싹 지워 버리는데 몇십 년이나 지난 수자의 유년이 그대로 놓여 있을 리가 없지. 분명 두꺼웠을 수자의 과거들은 시간이 쌓이고 쌓이면서 두께가 얇아져, 할아버지의 작은 방 장롱 속 앨범에 끼워져 있었다. 외갓집에 갈 때마다 나는 옛날의 수자를 마주했고, 수자는 분명 그때의 나와 아주 닮아 있었으므로 나는 괜히 수자와 친구라도 된 것 같은 친근함을 느꼈다.

마당에는 늘 곶감이 주렁주렁 매달려 있었다. 감이 없으면

우리끼리도 잘 살아

옥수수였다. 옥수수도 없으면 처마 끝에 매달린 고드름이 그 자리를 대신했다. 어느 계절에 가든 그곳에 매달려 있는 것을 꼭 맛보게 됐는데, 그래서인지 나는 곶감과 옥수수, 고드름을 좋아하지 않는다. 이는 여전히 곶감과 옥수수, 고드름을 보면 그때가 새록새록 떠오른다는 말이기도 하다. 선명하게.

할아버지는 대머리였다. 머리가 잔디처럼 자라 있는 그런 삭발 머리 말고, 아예 머리카락이 한 올도 없는 반질반질한 대머리였다. 어릴 적 나는 할아버지가 대머리인 것이 크게 신기하지 않았다. 왜 대머리인지 이유를 궁금해하지도 않았던 것 같다. 그저 할아버지는 당연하게도 대머리야! 생각한 듯하다. 그래서 질문의 기억보다, 할아버지 품에 안겨서 놀다가 할아버지 머리를 두 손을 쫙 벌려 잡고선 수박 먹듯 머리를 베어 먹는 시늉을 한 기억이 더 많다. 그때 유명한 애니메이션으로는 〈호빵맨〉이 있었다.

외갓집 근처에는 뱀이 많았다. 집 바깥으로 나가면 사방 천지에 널려 있거나, 가끔은 마당에 들어와 스르르 기어 다닐 정도로 많았다. 그런 환경이었던 만큼 많은 것은 뱀뿐만이 아니었다. 나는 평생 볼 파충류나 곤충 들을 그곳에서 다 보았다고 자부한다. 거짓말 아니고, 팔뚝만 한 길이의 사마귀와 맞닥뜨

려 싸우다가 1.5리터 페트병 안에 사마귀를 담아 집으로 가져
온 적도 있다. 주먹보다 더 큰 황소개구리를 밟을 뻔해 놀란 적
도 있다. 방아깨비, 여치, 하늘소, 청개구리 등은 화장실 벽면
에 자주 붙어 있었으므로 나중에는 크게 놀라지도 않았다.

할머니는 나를 끔찍이 예뻐했다. 우리 강아지, 내 새끼, 하
면서 메마른 몸으로 나를 안아 주던 기억이 나는 걸 보면, 나도
할머니를 꽤 좋아한 것 같다. 할머니는 체구가 작고 아담했다.
살이라곤 전혀 붙지 않은 얼굴과 몸을 보며 가끔 할머니가 사
람이 아니라 짚으로 엮은 허수아비나 자벌레는 아닐까, 이상한
의심을 했다. 나에게 가장 강렬하게 남은 할머니 모습은 한 손
에는 소쿠리를, 한 손에는 호미를 쥐고 집을 나서는 모습이다.
할머니의 호미가 밭일에만 쓰이지는 않는단 사실은 곧 알 수
있었다.

바깥에서 놀다 대문으로 들어오는데 그곳에 뱀이 있었다.
살아 있는 뱀은 아니었다. 다만, 살아 있는 게 차라리 나았을
법한 끔찍한 모습을 하고 있었다. 세 동강이 난 채 사지가 지그
재그 형태로 널려 있던 것이다. 그걸 본 나는 깜짝 놀라 마당으
로 뛰어 들어왔고, 막 집을 나서려는 할머니에게 가 이렇게 물
어보았다.

우리끼리도 잘 살아

"할무니, 조기 앞에 뱀 있는데 누가 저랬어요? 잘린 뱀!"

할머니는 호들갑을 떠는 내게 진실을 알려 주었고, 나는 할머니의 멀어져 가는 뒷모습을 바라보면서 할머니 무서운 사람이었어…… 생각했다.

"내가 했슈. 여 앞에 있길래 호미로 팍 내리쳐 붓지."

재밌는 사실은, 그후 수자가 낳은 아기 윤희의 태몽이 뱀이었다는 것이다. 뱀 한 마리가 외갓집 안으로 들어와 수자의 치마 속에 기어드는 꿈. 윤희는 뱀띠였다.

본 적 없는 동생

나는 귀신을 믿는다. '귀신'이라는 단어를 믿는 게 아니라, 과학적으로는 설명이 불가능하며 존재를 증명할 수 없지만 분명 존재하고 있는 '어떤 것'을 믿는다. 사람은 자기가 보고 들은 것만 믿는 습성이 있는데, 나 또한 그것을 보고 들은 다음부터 귀신을 믿게 됐다. 하지만 이건 좀 슬픈 이야기다.

여섯 살 터울인 윤희와 나 사이에는 동생이 있었다. 나보다 어리고 윤희보다는 나이가 많은 동생. 하지만 나는 그 동생을 한 번도 본 적이 없다. 동생이 세상 바깥으로 나올 수 없었기 때문이다. 유산이었다. 내 기억으로, 본 적 없는 동생은 이름조차 없었던 것 같다. 부를 이름이 없는 것을 보면 말이다.

주공아파트 단지에 처음 이사 왔을 때였다. 나는 아주 어렸고, 그때 수자의 배 속에는 생긴 지 얼마 안 된 아기가 있었다. 예정대로라면 그곳에서 동생이 태어나야 했다. 그러나 불운은 희미한 경고장과 함께 집에 들이닥쳤다. 수자가 이상한 꿈을 꾼 것이다. 모르는 할머니가 나와 경고하는 꿈을.

우리끼리도 잘 살아

꿈에서 그 할머니는 대뜸 수자에게 이사를 가라고 말했다. 여기 더 있으면 안 된다고, 네가 살 곳이 아니라고, 당장 떠나라고 썩 꺼지라고 이야기했다고 한다. 이사 온 지 얼마 안 되었을 때라 찝찝한 게 당연했지만, 그렇다고 해서 정말 이사를 할 수 있는 상황도 아니었으므로 수자는 아무렇지 않게 이 꿈을 넘겼다. 모르는 할머니 꿈은 다시 꾸지 않았고, 그냥 개꿈이었다고 치부할 수 있던 날들을 보내다가,

수자는 아기를 잃었다. 갑작스러운 일이었다. 본 적 없는 동생은 이름도 없이 저 멀리 떠났고 나는 그 사실을 모르고 있다가 한참 커서야 수자에게 전해 들었다. 동생이 더 있었다는 사실과 그 동생이 떠났다는 사실과 수자가 그런 꿈을 꾸었다는 사실을. 모두 사실이라 더 슬픈 이야기였다. 수자의 상실감을 감히 상상할 수 없던 나는 가만히 입을 꾹 다물었다. 그러다가 말했다.

"그래도 윤희는 태어났잖아?"

만약 그 일이 없었다면 윤희가 없었을지 몰라. 이런 말도 안 되는, 아니 사실 말이 된다고 생각하면서도 윤리적으로 이렇게 말해도 되나? 너무 비인간적이지는 않나? 생각하게 되는 말을 입

바깥으로 뱉어 내면서 당시 살던 집을 잠깐 떠올렸다. 베란다 난간을 잡고 고개를 내밀면 한눈에 들어오던 놀이터와 단지 내 풍경. 나는 본 적 없는 동생과 모래성을 만들고, 본 적 없는 할머니 귀신에게 왜 그랬어요! 옷깃을 잡고 늘어지며 찡찡거리는 작은 나를 상상했다. 그러다가 문득 이 일에 있어서 누구를 원망하고 누구에게 잘못을 물어야 할지 고민했다. 끝끝내 잘못을 묻거나 원망할 수 있는 상대는 아무도 없었다. 아마 모두에게 슬픈 일이었을 테니까.

그 이후로 시간이 흘러 우리는 이사했고, 그곳에서 윤희가 태어났다. 윤희, 윤희. 발음하면 할수록 재미있고 사랑스러운 이름이었다.

우리끼리도 잘 살아

동생 윤희

윤희. 아빠가 술 먹다 지었다는 내 이름과는 달리 조금 더 정성스레 지은 이름 같다. 사람들의 말을 들어 보면, 나이 차가 클수록 서먹서먹하거나 안 친한 형제자매가 많다고 한다. 그러나 윤희와 나는 서로에게 꽤 좋은 친구다. 아마 윤희도 그렇게 생각할 것이다.

어릴 적 나는 동생이 갖고 싶었다. 그러다 정말 동생이 생겼을 땐, 너무 기쁘고 신나서 방방곡곡 동생이 생겼다며 자랑하고 소문을 내고 다녔는데, 그럴 때마다 수지는 창피스러워했다. 아파트 단지 사람들, 관리기사님들, 분식집과 슈퍼와 야채가게 사장님, 동네 아줌마와 아저씨, 유치원 선생님, 하물며 지나가던 멍멍이에게도 "우리 엄마 임신했다!"를 외쳐 댔으니 말이다.

윤희는 예뻤다. 예쁘기만 한 게 아니라, 정말 예쁘고 귀여웠다. 나는 솔직히 윤희가 커서 대배우가 되리라 생각했었다. 윤희가 유치원에 다닐 적에 극장에서 〈마음이〉를 상영했는데,

주인공으로 나온 향기가 단발 바가지 머리를 하고 있었다. 엄마와 나는 그 영화를 보고 윤희 머리를 똑같이 잘라 주었고, 향기 머리를 한 윤희는 향기보다 더 귀여웠다!

내가 초등학교 5학년일 시절. 수자와 나는 윤희의 손을 잡고 서울에 위치한 MBC 아카데미로 향했다. 내가 "엄마! 윤희는 꼭 배우 시켜야 해!" 하고 강력히 주장한 까닭이었다. 수자는 "에이, 배우는 무슨 배우야" 하면서도, 진짜인가? 생각하며 발걸음을 옮겼고, 윤희는 MBC 아카데미에서 연기를 배우고 대형 매니지먼트에 들어가 이른 나이에 아역 배우로 데뷔……!?

하진 못했다. 아카데미로 올라가는 비상구 계단에서 담배 피우는 고등학생 무리를 마주쳤다. 수자는 그들을 힐끔 보고선 내게 "여긴 아닌 것 같은데 소리야"라고 했고, 나 또한 그들의 모습에 쫄아 "응. 엄마, 여긴 안 될 것 같아" 하고 그대로 나와 버렸다. 이것으로 수자와 나의 윤희 배우 데뷔시키기 모험은 깔끔하게 종료됐다.

우리끼리도 잘 살아

2022년. 윤희와 나는 같이 살진 않지만, 친구처럼 자주 만난다. 윤희는 심심할 때, 놀고 싶을 때, 내게 연락한다. 어느 누구에게도 말할 수 없는 일 때문에 너무 지치고 힘들 때도 울면서 내게 전화한다. 연애 부분에서 우리는 서로를 믿고 응원한다. 내가 어떤 사람을 만나든 윤희는 나를 응원하고, 나 또한 윤희를 응원하므로 여자친구가 생기면 윤희에게 먼저 이야기하고 여자친구를 소개해 주기도 했다. 윤희 또한 누군가에게 호감이 생기거나 연애를 시작하면 내게 고민을 털어놓고 애인을 소개해 주었다.

이건 비밀인데, 윤희는 나와 순두부찌개를 먹다가 식당에서 연애 문제 때문에 눈물을 주르륵 흘린 적이 있다. 그때 당시엔 그 모습이 너무나도 웃겨서 놀리기 바빴지만, 속으로는 윤희가 얼마나 힘들었으면 내 앞에서 밥을 먹다 울었을까 안타까웠다.

윤희와 내가 처음부터 이런 관계였던 건 아니다. 우리는 나이 차가 커서 둘 다 성인이 되기 전까지는 많은 것을 함께하지 못했고, 자주 싸웠다. 둘 다 성격이 있고 고집이 세서 싸우는 날마다 수자가 소리치곤 했다. "그만 좀 해!" 심지어는 몸싸움도 많이 했다. 그렇게 서로에게 못된 말과 행동으로 상처를 주었지만, 우리 둘은 편지나 장문의 카톡으로 얼마 안 가 화해하곤 했다.

지금 생각해 보면, 언니라는 존재, 그러니까 나는 윤희에게 굉장히 무섭고 권위적인 존재였다. 먼저 태어났다는 이유로, 나이가 많다는 이유로 다른 사람을 대할 때와 달리 쉽게 손찌검을 하거나 욕을 했으니까. 그러한 행동들이 나보다 한참 어린 윤희에게 학대의 기억으로, 오랜 상처로 남을 수도 있었다. 이렇게 돌아보니, 내가 그동안 윤희와 해 왔던 것은 '싸움'이 아니라 일방적인 나의 '폭력 행사'였다는 것을 알겠다. 다시는 윤희에게 그런 실수를 하지 않겠다고 다짐했었다. '가족'이라는 타이틀 자체를 우리 관계에서 지워 버릴 것이라고.

가족이라는 말은 이따금 서로에게 상처를 줘도 괜찮다는 핑계가 된다. 나는 내 곁에 오래 있어 주었고, 또 앞으로도 오래 있어 줄, 나를 믿어 주고 내가 믿을 사람들에게 상처를 주고 싶지 않다.

수자와 윤희를 가족 구성원이 아닌 '친구'로 대하면서, 우리

　　　　　　　　　　　　우리끼리도 잘 살아

의 관계는 상당히 호전됐다. 소리, 수자, 윤희. 우리 여자 셋에게는 더 이상 어떠한 권위가 주어지지도 않고, 서로 구분되지도 않는다. 처음부터 그래야 했던 것을, 너무 늦은 게 아닌가 슬프기도 하지만, 앞으로 살아갈 날들이 더욱더 많으니까 희망을 북돋울 수 있다.

///

수자에게서 전화가 왔다. 전화를 받으니, 대뜸 수자가 이런 말을 꺼냈다.

"윤희가 힘들어해. 술도 엄청 많이 먹고. 우울해 보여."

나는 말했다.

"윤희한테 가서 안아 주면서 위로해 줘. 무슨 일이 있는지는 몰라도 엄마는 항상 네 편이라고."

수자가 퉁명스레 물었다.

"참 나, 네가 뭘 안다고? 뭘 그런 것까지 해. 제가 뭐 힘든 게 있다고."

나는 단호하게 말했다.

"엄마 힘들 때 곁에 있어 준 사람 누구야? 나도 아니고 아빠도 아니고 윤희였어. 엄마 암 선고받고 병원 다니던 거, 항암 치료받을 때마다 고생하던 거, 엄마 곁에서 다 챙겨 준 거 윤희였잖아. 그러니까 엄마도 윤희한테 의지가 좀 되어 줘."

수자는 별 대답 없이 전화를 끊었다. 30분 뒤, 윤희에게서 전화가 왔다.

"언니, 언니가 뭐라 했길래 엄마가 갑자기 내 방 와서 나 안아 줘?"

"아무 말도 없이?"

"뜬금없이 사랑한대!"

　　　　　　　　　　　　우리끼리도 잘 살아

1등 복권

윤희는 꿈을 자주 꾼다. 또, 특이하게도 윤희가 꾸는 꿈은 대부분 길몽으로 해석된다. 꿈을 꾼 날이면 윤희는 아무에게도 그 사실을 말하지 않고 혼자 복권을 샀다가, 정오가 지나면 조용히 입을 연다. "언니, 내가 꿈을 꿨는데……." 그런 뒤에 우리는 복권에 당첨되면 그 돈으로 무엇을 할지 열띤 토론을 한다. 서로에게 집도 사 주고, 차도 사 주고, 1억 원을 주고, 좋은 작업실을 얻고, 컴퓨터를 사고, 프랑스 파리에 가서 수자 소리 윤희 셋이서 호화 여행을 하자는 이야기를 하다가, 그럼 라이는 어쩌지? 하고 쓸데없는 고민에 빠지다가, 복권 추첨 시간에 숨을 죽이고 번호를 하나둘 맞춰 보다가,

낙첨된다. 한 번도 아니고 몇 번째 번호 하나 맞지 않으니 이제 윤희가 꾸는 꿈은 모두 개꿈이라고 치부하면서, 부풀었던 순간들을 끄집어내 웃고 떠들다가, 다시 상상의 나락으로 떨어지기를 몇 번씩 반복하다가,

그냥 지금처럼만이라도 살았으면 좋겠다고 결론을 내린다. 나에게 윤희는 처음부터 지금까지 1등 복권 같은 애다.

삥을 뜯겼다

어린 윤희는 철산 상업지구를 무서운 곳으로 인식하고 있었다. 무서운 사람들이 많으니 되도록 가지 말고 조심하라는 말을 많이 들었기 때문이다. 그렇기에 윤희는 더욱더 상업지구에 가야 했다. 하지 말라는 걸 하는 게 진짜 일탈이니까!

나는 윤희에게 내 옷을 빌려 주고, 당시 유행하던 머리스타일(앞머리를 꼬아서 핀으로 고정한 머리)로 꾸며 주었다. 상업지구가 위험한 건 맞지만, 상업지구 한복판에 있는 미스터피자 매장에서 내가 아르바이트를 하고 있었기에 무슨 일이 일어나면 바로 달려갈 수 있다고 생각했고 윤희의 외출을 허락했다.

윤희는 3D 체험관에 가서 친구들과 신나게 놀고, 아울렛에 들어가 아이 쇼핑도 했다. 미스터피자 건너편에 있는 가장 큰 문구점인 CNA에도 갔다. 그곳은 초등학교 5학년 윤희에게 꼭 들러야 하는 필수 코스였는데, 윤희는 빅뱅의 팬이었으므로 그날도 CNA에서 빅뱅의 비공식 굿즈를 샀다.

바깥으로 나와 이제 뭘 하지? 두리번거리고 있을 때, 어디선가 모르는 언니 두 명이 윤희에게 다가왔다. 중학생으로 보

　우리끼리도 잘 살아

였다. 언니들은 말했다. "언니들이 돈이 없어서 그러는데, 차비 좀 하게 3,000원만 빌려 주라." 결국 윤희는 전 재산이었던 3,000원을 언니들에게 상납했다. 윤희는 무서웠다. 친구들도 마찬가지였다. 그러다 윤희는 내가 늘 하던 말을 떠올렸다.

"윤희야, 무슨 일 있으면 미스터피자로 달려와. 알겠지?"

초등학교 5학년생 윤희가 미스터피자로 달려 들어와 급하게 소리쳤다. "저희 언니 어디 있어요? 한소리 언니 좀 불러 주세요!" 나는 주방에서 샐러드를 리필하고 있었다. 급하게 나가 윤희에게 무슨 일이냐고 물었다. 윤희는 다급하게 덧붙였다.

"언니, 나 삥 뜯겼어! 3,000원이나!"

"뭐? 삥을 뜯겨?!"

나는 달려 나갔고, 윤희와 함께 간 곳에는 여전히 윤희의 친구들과 삥 뜯은 언니들이 있었다. 내가 다가가 몇 살이냐고 묻자, 그 애들은 중학교 1학년이라고 대답했다. 어디 학교에 다니냐고 물으니, 멀지 않은 학교였다. 차비가 없어서 삥을 뜯었다는 애들에게 말했다.

"얘들아, 차비가 없으면 걸어 다녀!"

윤희는 돈을 돌려받았고, 무사히 그 상황에서 벗어날 수 있었다. 윤희는 안도했다. "언니 짱이네." 윤희는 언니를 낳아 준 수자에게 처음으로 감사하고 또 감사했다. 나는 다시 아르바이트하러 돌아갔고, 윤희는 3,000원으로 친구들과 3D 체험을 한 번 더 하고 집으로 돌아갔다. 이후로 윤희는 삥을 뜯기지 않았다. 만약 누군가 윤희에게 삥을 뜯었다 해도 내가 달려가 도로 찾아 줬을 테지만.

같이 있던 윤희의 친구들은 감탄했다고 한다.

"너희 언니 진짜 멋있다."

윤희는 기분이 좋아져 기세등등하게 대답했다고 한다.

"그치. 좀 멋있는 것 같아."

윤희는 잊지 않았다

중학생 윤희가 사랑에 빠졌다. 학교에서 우연히 마주친 남자 애가 잘생겨 보이길래 반에 찾아가서 번호를 직접 받았다고 했 다. 윤희 말로는 대체 어떻게 그런 자신감이 나왔는지 잘 모르 겠다던, 패기 있는 행동이었다.

윤희의 연애가 시작됐다. 그는 윤희의 두 번째 남자친구였 다. 윤희는 남자친구와 100일을 기념하는 일이 처음이었으므 로, 무척 설렜다. 그래서 엄마에게 용돈을 받아 몰래 커플티를 샀다. 브랜드는 후아유. 당시 중학생이던 윤희로서는 꽤 거금 을 들여 산 옷이었다. 윤희는 그 옷을 100일 기념 데이트 도중 그에게 선물했다.

그는 당황해서 이렇게 말했다고 한다. "나는 아무것도 준비 못 했는데……."

이에 윤희는 밝게 대답했다. "괜찮아!"

그러자 갑자기 그가 사라졌다. 잠시만 기다리라고 하고 어 디론가 사라진 것이다. 돌아온 그는 주머니에서 똑같이 생긴 디자인의 반지 두 개를 꺼내 포장도 없이 윤희에게 주었다. "늦게 줘서 미안해." 윤희는 기뻤다. 처음으로 받은 커플링이었다. 그러나 커플링의 디자인은 엄청나게 구렸다. 공짜로 준다고 해도 절대로 받고 싶지 않을 정도로 촌스러운 느낌이었고, 싸구려 큐빅 하나 박히지 않은 디자인이었다.

집으로 돌아온 윤희는 "언니, 나 반지 받았어" 자랑하고 싶었지만, 어떤 이상한 마음이 윤희로 하여금 반지 이야기를 못 꺼내게 했다.

몇 시간 뒤, 손가락이 퍼렇게 변하기 시작했다. 쇳독이 든 윤희는 당황했다. 은은 기대하지 않았어도, 서지컬 스틸일 줄 알았는데 그게 아니었던 거다. 윤희는 반지를 빼 방 어딘가에 보관했다.

윤희가 쓰던 방에는 내 물건이 많았다. 책을 찾으러 윤희 방에 들어갔다가 이상한 반지 하나를 발견했다. CNA에서 팔법한 반지였다.

"이거 뭐냐?"

윤희에게 물었다. 윤희는 당황했지만 침착한 척했다.

"아무것도 아냐."

"에이, 뭐냐니까?" 윤희는 고민하다가 이야기했다.

"그거 전 남친이 100일 선물로 준 커플링이야."

나는 당황했다.

"너 100일이라고 돈 모아서 걔 후아유 사 주지 않았어?"

윤희는 속상함을 털어놓았다. 허탈하게 웃기도 했다. 왜 헤어졌냐 물으니 아주 가관이었다. 연락이 안 되어 걱정했는데 다른 사람에게 들어 보니 남친이 다른 여자와 통화하는 중이었던 것 같았고, 윤희가 그 사실이 진짜냐고 남친에게 따져 묻자 그가 "어, 우리 헤어지자" 하고 바로 이별을 고했다고 한다. 이틀 뒤, 그는 윤희가 선물해 준 후아유 티셔츠를 입고 새 여자친구와 함께 찍은 사진을 SNS에 올렸다.

윤희는 그가 선물했던 반지와 똑같은 반지를 얼마 뒤 CNA 가판대에서 발견했다. 예상했던 대로 2,000원짜리였다. 윤희가 말했다.

"한 장에 35,900원. 나 아직도 기억나, 언니."

윤희는 100일 커플티의 가격을 절대로 잊지 않고 있다.

//

윤희와 점심을 먹었다. 윤희가 집에 놀러 온다고 해서, 급하게 나가 햇반을 사고 반찬을 만들었다. 윤희와 밥을 먹다가 CNA 얘기가 떠올랐다.

"너 그때 기억나?" 하고 물어보았는데, 순간 눈이 두 배로 커지며 윤희가 말했다.

"언니, 대박인 거 알려 줄까? 나 걔 근황을 알게 됐는데 말야, 운영하는 배달 대행업체가 잘나가서 1억짜리 외제 차를 타고 다닌대. 인생 참!"

"웃기네."

우린 마주 보고 웃었다.

"어떻게 만나도 그런 애를 만나니? 네가 진짜 남자 복이 없긴 없구나." 내가 말하자 "정말 그래" 윤희가 고개를 끄덕였다.

윤희의 잘못된 만남은 그걸로도 족했으나, 안타깝게도 윤희는 비슷한 연애를 몇 번 더 겪었고…….

///

"혼자 왔니?"

"어, 나 싱글이야."

지금 윤희는 빛이 나는 솔로다.

우리끼리도 잘 살아

빨간 팬티

삐-삐-삐삐삐삐-삐.

현관 도어락 소리는 재미있고 특별하다. 문을 여는 사람의 사정에 따라서 누르는 속도가 달라지기 때문이다. 화장실이 급하거나, 바깥이 너무 덥거나 추운 경우에는 비밀번호 누르는 소리가 거의 두 배로 빨라진다. 그래서 도어락에서 나는 "삐-" 소리를 들으면, 저 사람이 누군지, 어떤 마음으로 집에 들어오는지 예상할 수 있다.

그날 나는 밤 11시 즈음이 되어서야 귀가했다. 술에 살짝 취한 상태였고, 그래서 비밀번호를 두어 번 틀렸다. 수자는 집에 들어선 나를 보곤 버럭 소리쳤다. 서럽게도, 내가 취했거나 늦게 귀가해서가 아니었다.

"윤희가 아직도 안 들어왔어! 이 기집애 지금 시간이 몇 시인데!"

수자는 근래 자주 늦게 귀가하는 윤희에게 화가 나 있는 상태였는데, 그날 제대로 정점을 찍은 것 같았다. 수자는 짜증이 섞인 목소리로 나더러 윤희에게 연락해 보라고 했다. 원래 같았으면 "뭐, 곧 오겠지. 엄마가 전화하든가!"라고 말했을 텐데, 수자의 목소리에 약간의 조급함이 묻어 있었으므로 별말 없이 윤희에게 전화를 걸 수밖에 없었다.

윤희는 내 전화를 제때 받은 적이 없다. 내가 전화를 걸면 끊길 때까지 받지 않다가, 꼭 전화벨이 끊어진 1분 뒤에 메시지를 보냈다. 전화를 받지 못하니 문자로 말하란 메시지였다. 윤희는 항상 그런 꼼수를 썼지만, 그것이 꼼수인 것을 너무도 잘 알고 있는 내게 먹힐 리가 없었다. 매번 핀잔을 주고 전화를 받으라 누누이 말했지만, 윤희의 부재중 습관은 좀처럼 나아지지 않았다.

언제나처럼 이번에도 윤희가 전화를 받지 않았다. 휴대폰을 내려놓고 세수를 했다. 곧 윤희에게 메시지가 올 테니까. 그럼 나는 수자가 너를 걱정하고 있으니 빨리 집으로 돌아오라는 메시지를 남기면 되니까. 그럼 윤희는 금방 집으로 돌아올 테니까.

그런데 이상했다. 씻고 방으로 와 누웠는데도 윤희에게서 메시지가 오지 않았다. 이런 경우는 처음이었다. 아무리 질풍

우리끼리도 잘 살아

노도의 고등학생이라지만, 윤희는 항상 어떤 변명을 대서든 늦는 이유를 설명하고 늦었다. 비록 전화를 받진 않았으나, 문자로라도 해명을 하던 애였다. 그런 윤희에게서 연락이 오지 않으니 기분이 묘했다. 윤희에게 몇 번 더 전화를 걸었다. 받지 않았다. 그때부터 윤희에게 카톡과 문자를 보내기 시작했다.

> [너 어디야. 우리 걱정하잖아.]
> [전화 받아. 이거 보면 바로 전화하거나.]

윤희에게서는 여전히 답장이 오지 않았다.

좀 화냈나. 미안한데. 이번에는 화법을 바꾸어 윤희를 달래는 방식을 선택했다.

> [윤희야, 비도 오고 위험한데 얼른 와. 친구랑 더 놀고 싶은 건 이해하는데 연락 안 되면 걱정되잖아.]
> [엄마한테는 비밀로 할 테니까 연락이라도 해 줘. 시간이 너무 늦었다. 알겠지?]

30분, 40분……. 그렇게 한 시간이 지나자 나는 매우 불안

하고 초조한 상태가 됐다. 페이스북 앱을 켜고 윤희의 계정으로 들어갔다. 페이스북 메시지는 상대가 몇 분 전까지 접속했는지 상단에 띄워 주는 기능이 있었는데, 윤희는 페이스북 메시지가 유행이라며 친구들과 그걸로만 연락했기 때문에 혹시나 하고 열어 본 것이었다.

그런데 윤희는 약 두 시간 전, 10시부터 페이스북 메시지에 접속하지 않고 있었다.

만일 내가 트위터를 하루에 한 번도 접속하지 않는다면, 분명 사람들은 내게 무슨 일이 생겼다고 생각할 것이다. 그만큼 트위터는 내 일상에 깊숙하게 파고든 SNS인데, 윤희에게 페이스북은 같은 맥락이었다. 그러니까, 이건 아주 심각한 문제가 있다는 것이다.

윤희의 친구들에게 메시지를 보냈다.

[윤희 언니인데, 혹시 윤희랑 연락이 되니? 비도 오는데 윤희가 아직 집에 안 들어와서 말이야.]

금방 답장이 왔다.

우리끼리도 잘 살아

[아까 윤희랑 10시쯤에 헤어졌어요! 집 간다고 인사하고 갔는데…… 윤희 안 왔어요?]

이런 내용으로 답장을 주는 친구들이 많았다. 그리고 한 명은 10시쯤 윤희에게 만나자는 연락을 받았지만, 개인 사정으로 만나지 못했다고, 그 후로는 연락한 적이 없다고 했다.

비가 쏟아지고 있었다.

뭔가 단단히 잘못된 것 같았다. 돌아오지 않은 윤희가 걱정됐고, 설마 돌아오지 못하는 건 아닐까란 나쁜 생각들이 머릿속을 점령했다. 비가 내리면 내릴수록 윤희가 안전하게 있는지 두렵고 무서운 감정이 들었으며 이대로 윤희의 행방을 알지 못한다면 아무것도 하지 못할 것 같았다. 술도 깨고, 잠도 다깼다.

새벽 1시쯤. 아는 동생에게서 연락이 왔다. 윤희 관련 연락은 아니었다. 아는 동생은 한강으로 드라이브나 하러 가지 않겠냐고 물었고, 나는 미안하지만, 한강 대신 동생의 고등학교가 있는 지역으로 가서 동생을 같이 찾아 줄 수 있겠냐 물었다. 동생은 고맙게도 바로 알겠다고, 우리 집 앞으로 온다고 했다.

고마워. 곧 나갈게. 응. 그래. 연락해.

울먹이며 옷을 입었다. 대충 머리를 묶고, 잠옷 위에 카디건을 걸치고 나갈 채비를 했다. 방을 나왔다. 수자는 아까처럼 거실에 누워 있는 상태였는데, 곧 무너질 것 같은 나와 달리 세상 평온한 얼굴로 TV를 보고 있었다. 화가 치밀어 올랐다.

"엄마는 윤희가 없어졌는데도 걱정이 안 돼!?"

수자는 별 대답 없었다. 거의 졸고 있는 사람 앞에서 혼자 소리치는 격이었다. 화가 났지만 우선은 윤희를 찾는 것이 급선무였다. 모자를 챙기기 위해 윤희의 방으로 향했다. 손을 덜덜 떨며 문고리를 돌렸는데, 그랬는데,

빨간 팬티가 보였다. 정확히는, 빨간 팬티를 입은 채로 엎드려 자는 윤희가 보였다.

절벽 끝에 매달렸다가, 기적적으로 다시 끌어 올려지는 기분을 그때 처음으로 느꼈다. 절벽인 줄 알았는데, 높이가 2미터밖에 안 되며 그 아래에는 트램펄린이 깔려 있다는 사실을 알아차리고 허무해지는 기분도 동시에 들었다. 온몸에서 힘이 빠져나가는 것을 느끼면서 주저앉았다. 그리고 정말 서럽게 엉엉 울었던 것 같다.

"씨발, 진짜 씨발, 윤희 여기 있잖아……. 엉엉…… 빨간, 겁나 빨간 팬티 입고 어? 윤희 씨발 진짜, 엉엉……."

윤희는 세상 모르는 얼굴로 코까지 골며 잘 자고 있었다. 얄미운 동시에 어처구니가 없었고, 급기야 억울해지기까지 했다. 아무 잘못도 안 하고 잘 자는 윤희가, 그리고 거실에 누워 윤희가 집에 안 들어온다고 나를 보챘던 수자가 너무 어이가 없어서…….

"엄마! 윤희 집에 있잖아! 뭘 안 들어와?"

내가 화를 내자 수자는 실실 웃었다. 그리고 말했다.

"어머, 그랬니? 호호."

호호…… 호호라니…….

나는 윤희를 깨워 지금까지 내가 벌여 놓은 일을 설명했다. 윤희의 친구들에게 연락을 돌린 탓에 윤희의 친구들이 모두 윤희를 애타게 찾고 있었고, 내가 페이스북에 올린, 윤희의 행방을 찾는다는 실종 게시물까지 있었다.

윤희의 친구들이 내게 아직도 윤희를 못 찾았냐고 계속 연락을 해 오는데 대답할 말이 없었다. 차마 윤희가 자고 있었고,

그런 윤희를 발견하지 못했었다고 말하기엔 너무나도 민망하고 부끄러웠다…….

윤희는 자신이 한순간에 가출 청소년이 된 사실에 짜증을 냈고, 어이없다며 웃기도 했다. 더 어이가 없던 것은 바로 휴대폰에 찍힌 부재중 전화 수였다.

나는 수자가 윤희에게 몇 번 연락을 해 보다가 연결이 안 돼서 나를 채근한 줄로 알았다. 그런데 윤희의 휴대폰에 찍힌 수자의 부재중 전화는,

단 한 통이었다. 나는 25통을 했는데.

그때 생각했다. 우리가 서로에게 얼마나 무심했으면 방에서 자는 것도 몰랐을까. 아니, 대체 수자는 윤희가 집에 들어온 것을 왜 못 봤지? 이해가 안 됐고, 어이가 없었고, 화가 나는 동시에 웃겼다. 우리가 서로에게 관심을 가질 필요가 있다는 것을 절실하게 느끼던 순간이었다.

나는 아직도 윤희의 빨간 팬티를 잊지 못하고 있다. 빨간 팬티만 보면 괜히 화가 치밀어 오르다가도 웃겨서 웃음을 터트리게 된다. 윤희와 나는 그 이후 조금 더 친해졌다. 적어도, 서로가 어디에서 무얼 하고 있는지는 알 수 있게 됐다. 지금도 윤

우리끼리도 잘 살아

희는 내 전화를 한 번에 받지 않고, 나는 여전히 그런 윤희에게 분노를 느끼지만, 이것 또한 익숙해졌으므로 일상이 됐다. 일상이 된다는 것은 당연해진다는 것이다.

결국 나는 그날 한강으로 드라이브를 하러 갔다. 비가 잠시 왔다 그친 한강은 쌀쌀했지만 운치가 있었다. 퉁퉁 부은 눈으로 넓은 한강의 흐름과, 새벽임에도 반짝이는 대로와, 건물 불빛을 응시했다.

같이 살았을 적 이야기를 하면 할수록 그때로 돌아가지 못할 것 같은 느낌이 든다. 그렇지만 괜찮다. 앞으로 할 수 있는 것들이 더욱 많으니까. 시간과 가능성이 무한하니까.

○○○면의 시절

이 글은 2021년 5월에 열렸던 A사의 제1회 푸드에세이 공모전에 투고했다 낙선된 작품을 다루고 있다. 타사 제품에 관해 써도 된다는 안내가 붙어 있어, 나는 곧바로 이 이야기를 써야겠다고 생각했다,

는 거짓말이다. 아무리 그랬다고 한들 타사 제품 이야기는 공모전에 뽑히지 않으리라 생각했다,

도 거짓말이다. 처음 그 공모전을 발견하자마자 오로지 하나의 생각에 점령당하고 말았는데, 바로 '이건 써야지'라는 생각이었다. 수자가 10년 넘게 일해 온 곳이 A사니까.

수자는 마트에서 일하며 가끔 행사를 맡았고, 교육을 하러 이른 새벽 집을 나서기도 했다. A사 제품도 집에 얼마나 많이 가져왔는지. 그런 환경에서 내가 그 회사 제품에 마냥 행복한 기억만 있을 리는 만무했다.

글을 다 쓰고 나는 신춘문예로 데뷔를 한 여자친구에게 글을 보여 주었다. 이 말도 덧붙였다.

"행복하거나 기쁜 이야기는 아닌데, 진짜 잘 썼어."

여자친구는 글을 읽고 확신에 차서 말했다.

"언니, 이건 절대 안 뽑혀."

단호한 목소리였다.

"왜? 내가 얼마나 A사에 찐인데."

"그렇다기엔 농심이 나오잖아. 절대 안 된다에 한 표. 글은 잘 썼는데 이건 안 돼."

1등은 500만 원, 가장 낮은 상은 60명 대상으로 A사 온라인 몰 5만 포인트 지급이었는데, 솔직히 1등은 안 바랐어도 온라인몰 5만 포인트는 받으리라 기대했다. 머릿속에서는 이미 장을 다 보고 결제까지 해서 배송을 기다리는 중이었지만, 보기 좋게 떨어졌다.

얼마 뒤 사람들과 이 이야기를 하며 까르르 웃었다. 나는 자조적인 이야기를 유머로 쓰는 경우가 많은데, 그날의 이야깃거리는 "안 떨어질 줄 알았는데 진짜 서운하다 서운해!" 같은 한탄들이었다. 그런데, 한 분이 이런 말씀을 하셨다.

"긍정적인 것보다 부정적인 걸 글로 쓰게 되는 것 같아요. 그게 글을 쓰게 만드는 힘이랄까?"

나는 잠시 생각했다. 만일 스타벅스에서 이런 공모전이 열린다면 나는 무슨 이야기를 쓸 수 있을까? 또, 어떤 이야기들이 듣고 싶을까? 스타벅스 덕분에 행복했던 이야기들은 사실 별로 안 궁금하다. 내가 스타벅스 에세이를 쓰게 된다면, 사회생활에 찌든 나는 약물 대신 커피로 하루를 연명하고, 늦은 밤 작업을 위해 벤티 사이즈 커피를 위장에 때려 박는다고, 뭐 그런 이야기들을 쓸 것이다. 아니면 스타벅스와 관련된 논란거리에 관해 의견을 밝힐 수도 있다.

이를테면 이런 이야기들이 나오지 않을까? 나의 상상 속에서 대상을 차지한 글의 제목이 대형 현수막과 간판으로 제작되어 전국 방방곡곡에 걸려 있다. 그건 바로……

경 〈스타벅스 커피 마신다고 김치녀 된 썰.txt〉 축

모두 나의 상상 속에만 있는 이야기다.

스타벅스든, 다른 브랜드든, 그 브랜드들과 관련해 행복한 기억을 가진 사람들도 매우 많을 것이다. 다만 나는 이번 일을 통해서 한 가지 궁금증을 얻게 됐다. '우리끼리도 잘 살아', '우잘살'은 부정과 긍정, 둘 중 어디에 가까울까?

우리끼리도 잘 살아

답은 아마 이 책 집필이 모두 끝난 뒤에야 확실히 말할 수 있을 것 같으므로, 나는 질문을 미래에 전송해 놓고 천천히 나아가 볼 예정이다.

///

제1회 A사 푸드에세이 공모전 응모작

제목: ○○○면의 시절

'○○○면'이라는 라면이 있다. 이름 그대로 면발이 통통하고 국물이 시원한 것이 장점인 라면이다. 비슷한 식품으로는 농심의 '너구리'가 있겠다. 무엇이 먼저인지는 모르겠다.
옛날에 한창 듣던 노래를 시간 지나 들으면 그때의 향수가 떠오르는 것처럼, 나는 ○○○면을 보면 어느 시절을 떠올리게 된다. 남주혁의 말을 빌리자면 이런 거다. 나의 어느 시절을 대표했던 온도, 습도, 조명 같은 것들…….

우리는 반지하에 살았다. 정확히 말하면, 아파트 지상층에 살다가 반지하로 이사를 했다. 갑작스러운 가정경제 악화로

그렇게 됐다. 깔끔하고 좋은 환경의 반지하 방은 많다. 하지만 우리가 이사하게 된 반지하는 정말로 끔찍했다. 마트 옆에 붙어 있는 집이었다.

집은 창고로 썼던 듯 군데군데 먼지와 곰팡이가 피어 있었다. 너덜거리는 창문도 제 기능을 하지 못하고 바람이 마음대로 바깥에서 안으로 옮겨 다녔다. 꼬리까지 더해 팔뚝 크기의 잿빛 쥐들이 매일 밤 음식물쓰레기 봉투를 뜯고 내용물을 갉아먹었으며, 잠을 자다 얼굴에 드는 이물감에 눈을 떠 보면 꼽등이가 콧등에 앉아 공격적인 자세로 나를 노려보고 있었다.

어느 날은 수자가 커다란 박스 하나를 힘겹게 들고 귀가했다. ○○○면 한 박스를 싸게 사 왔다면서, 가스레인지 아래 서랍에 두고 배고플 때 먹으라고 했다. 당시 나는 열다섯, 동생 윤희는 아홉 살이었다. 나는 철이 없었고, 윤희는 철이 들면 안 될 나이였으므로 우리는 박스 안에 가득한 라면을 보고 환호했다. 그즈음 우리는 매일 즉석 카레나 곰국을 주야장천 먹었는데, 그걸 그만 먹어도 된다는 사실만으로 우리 자매는 한껏 들떴다. 게다가 밥보단 빵, 빵보단 라면을 좋아

우리끼리도 잘 살아

하는 어린 세대에게 라면은 맛도 있고 조리도 간편한 그야 말로 '좋은' 식사로 여겨졌다.

우리 자매와는 다르게 수자의 표정은 어두웠다. "카레와 곰국보다 이게 훨씬 더 좋아." 내가 말하자 수자는 다행이라고 하면서 우리에게서 등을 돌려 화장실로 들어갔다. 한 명 겨우 누울 수 있을 만한 좁은 화장실에서는 끼익거리는 이상한 소리가 들려왔는데, 별로 신경 쓰지 않았던 그 소리가 수자의 울음소리였다는 건 나중에 알았다.

처음과 달리 윤희와 나는 시들어 갔다. 라면이 간식이 아닌 주식이 되어 가면 갈수록 우리는 조금 지겹고 조금 싫증이 났다. 라면 그만 먹고 싶어, 라고 말하면서도 라면을 끊지 못했던 이유는 라면이 너무 많이 남은 까닭이었다. 우리는 박스를 비울 만큼 열심히 라면 물을 끓였지만 라면은 꺼내도 꺼내도 쌓여 있었다. 수자는 한 번도 우리와 라면을 함께 먹지 않았다. 그저 우리가 다 먹은 라면 국물에 어디선가 가져온 찬밥을 풀어 숟가락으로 퍼먹을 뿐이었다.

박스 안에 남은 마지막 라면을 끓여 먹던 날을 생생하게 기억한다. 라면을 먹고 친구를 만나러 집을 나서다가 집 근처

놀이터에서 누군가와 전화하던 수자를 발견했다. 저녁에 나간다고 하면 혼이 날까 봐, 아는 척을 하지 않고 조용히 곁을 지나가던 참이었다.

그때, 수자가 울음을 터트렸다. 사는 게 왜 이렇게 힘이 드냐고, 주머니를 샅샅이 뒤져도 고작 300원이 나와 점심을 먹는 대신 자판기 커피를 뽑아 먹었다고, 그것으로 식사를 대신했다고, 집에 와서 애들이 먹은 라면 봉지와 냄비를 보면, 삶이 참을 수 없을 만큼 부끄러워진다고.

누군가에게 털어놓으며 울던 수자를 뒤로하고 걸을 때, 나는 결국 참지 못하고 눈물을 터트렸다. 그래서 더욱 집으로 돌아갈 수 없었다. 소매로 얼굴을 벅벅 닦으며 수자의 목소리가 들리지 않을 때까지 길을 내달렸다. 숨이 차올랐다. 먹은 라면 때문에 결국 나는 그날 완전히 체해 버렸고, 이후로 수자는 한 번도 집에 ○○○면을 가져오지 않았다.

오랜 시간이 지나고, 나는 장난스럽게 이런 말을 윤희에게 했다. "○○○면 진짜 쳐다보기도 싫어. 너구리로 갈아탐." 윤희는 "맞아. 그때 라면 엄청 많았어. 무슨 맛인지 아직도 기억나" 맞장구쳤고, 수자는 "그랬니? 나는 안 먹어서 모르

우리끼리도 잘 살아

겠다. 그때 진짜 속상했는데" 하며 함께 웃었다.

나는 이제 그 라면을 먹지 않는다. 윤희도 그럴 것이다. 마트나 편의점에서 그 라면을 보면 "저것 봐, 우리가 실컷 먹었던 거다" 말하며 까르르 웃는 것이 전부다. 이른바 ○○○면의 시절이라 부를 수도 있겠다. 우리 자매와 수자에게 그 시절은 절대로 잊을 수 없는 시절이 됐으나, 그렇기에 지금이 더 빛나고 가능성 있는 시간이라는 것 또한 알 수 있다.

우리는 이제 꽤 안정적으로 산다. 엄청나게 좋은 집은 아니지만 각자의 생활패턴에 맞게 꾸민 방을 갖고 있고, 잿빛 쥐와 꼽등이를 마주하지 않아도 된다. 매일 햇볕이 따스하게 쏟아지는 아침을 맞이할 수도 있다. 떼려야 뗄 수 없는 가족이 되어 버린 고양이 라이도 있다. 라이도, 나도, 윤희도, 수자도 더는 배고프지 않기에 우리는 속상할 일도 없다. 기호를 따질 수 없던 시절을 지나 이제는 기호에 맞는 것을 먹을 수 있다는 사실에 만족한다.

"그렇게 힘든데 어떻게 버텼어?"

"몰라. 그건 기억도 안 나."

"내가 노스페이스 패딩 사 달라고 시위할 때, 그때 진짜 어처구니없었겠다."

"진짜 어이가 없었네. 아니, 안 사 준다고 한겨울에 조끼 하나만 입고 다니는 미친년이 어디 있니?"

"여기 있지. 지금 생각하면 진짜 웃기네. 쏘리."

"그때 진짜 죽는 줄 알았어. 운 날이 안 운 날보다 더 많았다니까?"

"나는 그래서 엄마 같은 거 안 하려고."

"그래. 너는 나처럼 되지 말아라."

"그러려고. 나 하는 일 잘되면 프랑스 여행이나 다니자."

"엄마는 서울이 좋은데."

///

안녕. 우린 그때의 가난에 안녕을 고한다.

우리끼리도 잘 살아

경찰을 불렀다

그날 내 손으로 직접 경찰에 부모를 신고했다. 그리고 경찰이 올 때까지 옷장 속에 숨어 있었다. 띵동. 초인종 소리가 들렸다. 소란스럽던 바깥이 순식간에 조용해지고, "누구세요?" 안쪽에서 남자가 큰 소리로 묻는다. 문 바깥에서 무전 소리가 들린다. 누군가 대답한다. "경찰입니다."

　문이 열린다.

///

우리가 모두 같이 살 때, 윤희가 초등학생이고 내가 고등학생일 때 부모는 자주 싸웠다. 거의 맨날 싸웠다고 해도 무방하다. 원인은 항상 어이없고 쓸모없는 것들이었다. 텔레비전 채널을 갖고, 불을 끄고 켜는 것으로, 선풍기를 어느 방향으로 돌리는지를 두고 말다툼을 하다가 싸움이 시작되는 것이다. 부모가 싸울 때 그 앞에는 대개 나와 윤희가 있다. 싸움은 밥을 먹다가 혹은 밥 먹고 난 이후에 벌어지는데, 우리는 밥알을 씹으면서도 눈치를 보며 오늘은 제발 아무 일이 없기를, 속으로 바라고 또 바랄 뿐이었다.

그래도 무심하게 싸움은 온다. 누군가 언성을 높이기 시작하면, 얼마 안 가 집에 있는 물건 중 하나가 빠르게 날아간다. 그것은 누군가의 몸에 맞거나, 베란다 창에 부딪히거나, 벽에 맞아 떨어진 뒤 한 번 더 누군가의 손에 쥐여 반대쪽으로 날아간다. 그때부터 욕설이 난무하는 것이고, 싸움이 벌어지는 것이다. 그곳에 있는 누구도 전혀 당황하지 않는다. 모든 것은 예정되어 있기 때문이다. 매일매일.

싸움이 벌어지면 나는 빠르게 그 자리를 떠난다. 무엇이든 해 봤자 아무 소용이 없다는 것을 알고 있다. 이전에 수없이 말려 보았고, 심지어는 싸움을 말리려다 덩달아 욕을 먹고 맞은 적도 있었다. 물리적 폭력을 행사하는 쪽은 대개 아빠다. 당시 아빠는 제일 힘이 세고, 무섭고, 위대한 존재였다. 아빠의 말을 어기는 것은 말도 안 되는 일이었고, 아빠의 심기를 건드리면 그날은 곧 편안하게 잘 수 없는 날이 됐다.

모든 사람이 그렇듯 아빠도 처음부터 무서운 사람은 아니었다. 윤희가 태어나기 전에는 폭력을 휘두른 적이 한 번도 없었다. 하지만 아빠는 변했고, 나는 아빠가 변한 것이 전부 아빠

우리끼리도 잘 살아

의 이상한 친구 때문이라고 생각했다.

아빠에게는 멀지 않은 동네에 사는 친한 형이 있었다. 가족끼리도 만나 밥을 먹는 사이였고, 우리는 어른들이 술 마시는 것을 지켜보는 일이 잦았다. 나는 그 아저씨가 너무나도 싫었다. 술에 취해 딸들에게 뽀뽀할 때 나한테까지 뽀뽀를 하는 것이 싫었고, 내가 딸 같다며 나를 딸 취급하는 것도 싫었다. 무엇보다도 싫은 것은, 그 아저씨가 아빠에게 자랑이랍시고 떠벌리는 말들이었다.

"애들은 어릴 때부터 잡아야 해. 안 그러면 나중에 힘들다니까?"

그런 말을 하는 아저씨와 술 한잔하고 집에 들어오는 날이면, 아빠는 우리에게 이런 얘기들을 했다. 그 집 막내가 얼마 전에 말썽을 부렸다가 크게 혼이 났는데, 아저씨가 주먹으로 얼굴을 치는 바람에 3미터나 날아가고 코뼈가 부러졌다고. 애를 병원에 보내지 않고 코뼈를 손으로 잡아 다시 맞춰 주었다고. 상상만 해도 끔찍했다. 그런데 더 끔찍한 것은 그 이야기를 무용담처럼 웃으며 들려주는 아빠였다. 그 형이 애들 교육을 참 잘해, 라며 웃던 아빠. 우리에게도 말 잘 들으라며 너희가 그 집 딸이었으면 벌써 죽었을 거라고 이야기하던 아빠였다. 나는 그런 아빠가 내 아빠가 아니라서 다행이라고 생각하며 "네, 잘할게요" 대답했다. 나는 점점 폭력에 익숙해져 갔다.

아저씨를 만나면 만날수록 아빠는 더욱더 폭력적으로 변했고, 폭력은 그만큼 쉽게 우리 앞에 놓였다. 수자의 입장도 별반 다르지 않았다. 우리에게 집은 전부였고, 집에서 아빠는 왕이었다. 아빠와 어긋나게 되면 집에서 추방당하게 되리라는 두려움을 우리는 안고 있었다.

///

"경찰입니다."

문이 열린다. "무슨 일로 오셨죠?" 물으면 경찰은 주변 신고를 받고 왔다며 말을 얼버무린다. 그러면서 아이들은 어디 있냐고 묻는다. 부모는 우리가 어디에 있는지 찾는다. 그러나 우리는 옷장 속에 숨어 있고 옷장은 안방에 있어서 거실에 있는 부모는 우리를 발견하지 못한다. "별일 아니에요. 그냥 좀 다툰 거예요." 부모는 대답한다. "정말 괜찮은 겁니까?" 경찰이 다시 한번 묻는다. 한번쯤 경찰의 시선은 여자에게 가 머물렀을 것

우리끼리도 잘 살아

이다. "정말 괜찮습니다. 조심히 가세요." 여자가 고개를 저으며 그들을 돌려보낸다. 남자는 한숨을 쉬며 담배를 갖고 화장실로 들어간다. 숨죽여 그걸 다 듣고 있던 내가 더는 참지 못하고 옷장 바깥으로 튀어 나가 닫힌 현관을 확인한다. 여자에게 다가가 "왜 그랬어? 왜 그냥 가라고 했어?" 묻고, 여자는 나를 빤히 바라보며 묻는다.

"네가 신고했어?"

"아니! 그런데 왜 그냥 보냈냐고!"

소리를 치려다 급히 입을 막은 내가 두 눈을 크게 뜨며 여자를 노려본다. 여자는 한숨을 쉬며 나에게서 뒤돈다.

"됐어. 들어가서 자."

나는 씩씩대며 방으로 돌아온다. 열린 옷장 문 사이로 윤희가 빼꼼 고개를 내민다. 눈물로 얼룩진 얼굴이다. "엉니, 어떻게 돼써?" "아냐. 윤희 이제 가서 자." 나는 조금 전 여자의 행동을 똑같이 따라 하며 윤희에게서 뒤돈다.

//

그 후로 부모는 한 번도 우리 앞에서 싸우지 않았다. 그리고 아빠는 집에 잘 들어오지 않았다. 집에 들어오지 않는 날들이 계속되다가, 어느 날 아빠는 집을 떠났다. 이혼을 한 건 아니다. 말 그대로 떠났다는 말이다.

아빠가 떠난 자리는 좀처럼 인적을 감출 줄을 몰랐다. 그 자리에 어떤 물건을 놓든, 누가 대신 누워 있든, 아빠의 자리는 누구도 대신하지 못했고 여전히 아빠의 자리였다. 나는 깨달았다. 부모가 이혼하지 않으면 달라지는 것은 없다고. 아니, 절대 달라질 수 없다고. 그러니까 나와 윤희를 위해서라도, 나는 내 부모가 빨리 이혼했으면 좋겠다고 생각했다. 그리고 입 열었다.

///

"그냥 이혼하면 안 돼요? 저랑 윤희는 진짜 괜찮아요."

우리끼리도 잘 살아

좋은 집, 나쁜 집, 이상한 집

내가 기억하는 첫 번째 집은 경기도 광명시의 한 주택이다. 문짝에는 가나다 한글익힘 포스터가 붙어 있고, 바닥엔 티라노사우루스와 트리케라톱스가 굴러다니고, 해 봤자 서너 살 되어 보이는 어린애의 품에는 '101마리 달마시안' 인형이 꼭 안겨 있는데, 선풍기가 돌아가며 그 풍경을 통째로 날려 버린다. 멀리 사라진다.

내가 기억하는 두 번째 집은 경기도 광명시의 주공아파트다. 엘리베이터 대신 턱이 높은 계단들이 이어져 있고, 층마다 먼지 쌓인 소화기가 놓여 있고, 현관문 앞에는 각종 음식점의 전단이 다닥다닥 붙어 있고, 해 봤자 여섯 살 되어 보이는 어린애의 품에 갓 태어난 아기가 소중하게 안겨 있다가 울음을 터트리는데, 학교에서 만든 방패연이 그 풍경을 통째로 들고 도망간다. 높이 사라진다.

내가 기억하는 세 번째 집은 경기도 광명시의 반지하 투룸

이다. 사람이 살았던 흔적 대신 팔뚝만 한 잿빛 쥐들이 우글거리고, 얼굴에 느껴지는 이물감에 눈을 뜨면 잔뜩 신이 난 꼽등이가 콧등에 앉아 정면으로 노려보고 있고, 중학생으로 보이는 여자애가 가구 뒤에 붙은 빨간색 압류 딱지에 놀라 비행 청소년처럼 집을 나서고, 초등학생 어린 여자애는 컴퓨터 앞에 앉아 모니터 속 친구들하고만 소통하고 있는데, 종잇장처럼 얇은 지하 방 창문이 와장창 깨지면서 그 풍경을 조각조각 찢어 버린다. 흩어져 사라진다.

내가 기억하는 네 번째 집은 다시 돌아가 경기도 광명시의 한 주공아파트다. 거실에는 고장 나거나 쓰지 않는 물건들이 탑처럼 쌓여 있고, 현관에서부터 고양이 배설물 냄새가 코를 찌르고, 싱크대 옆에는 라면 봉지와 빵 봉지가 눈덩이처럼 한데 뭉쳐 있고, 잠을 자는 것 외에는 누구도 집 안에서 아무것도 하지 않고 말라 가고 있는데, 정상 가족의 시끄러운 울음과 욕설들이 그 풍경을 납작하게 때려 죽인다. 조용히 사라진다.

내가 기억하는 다섯 번째 집은 서울시 관악구의 한 빌라다. 옆 건물은 죄다 무너진 채로 공사하는 중이고, 화장실 문을 열

우리끼리도 잘 살아

면 세탁기가 문 바로 뒤에 있는 신기한 구조로, 새로 산 지 얼마 안 된 가구들이 보이고, 취향이 확연히 드러나는 50대 여성과 20대 초반의 각방이 있고, 26년 만에 도장이 찍힌 이혼 서류가 있고, 햇살이 거실에 놓인 2인 원목 식탁에 내려앉아 있는데, 20대 중반의 여자애가 짐을 챙겨 나가면서 그 풍경에 불을 붙여 필터 끝까지 담배를 아껴 피운다. 재가 된다.

내가 기억하는 여섯 번째 집은 서울시 마포구의 한 빌라다. 함께 들어왔던 친구와 고양이 두 마리는 두 달 있다 떠나가 홀로 살게 됐고, 거실과 방 벽지는 날카로운 발톱을 가진 고양이가 마구 뜯어 놓았고, 놀러 온 사람이 그걸 보고 놀라 누가 이렇게 만들었냐고 물으면 "내가 했어, 나 정신병 있잖아" 우울증을 오래 앓은 20대 후반의 여자애가 대답하고, 그 여자애가 책장에 새로 산 책들이 너무나도 많이 꽂혀 있어서 이걸 언제 다 읽지 매일 아침 생각하고, 쓰다듬고 사랑을 주는 것 말고는 할 줄 아는 게 없는 말 많은 고양이가 우다다 달려와 여자애에게 안기는데, 바로 그 여자애가 집이란 나에게 무슨 의미인가 생각하고 이 풍경을 '밤과 낮이 만나는 곳'이라고 이름 붙인 뒤 예쁜 액자에 끼워 걸어 놓는다. 사라지지 않은 오직 하나의 풍경 속 내가.

우리끼리도 잘 살아

VIP가 되고 싶어

수자는 영화관 CGV의 RVIP(VIP보다 한 단계 높은) 회원이었다. RVIP 회원이 되기 위해 수자가 얼마나 큰 노력을 들였는지 모른다. 일주일에 영화 세 편 이상 보기, 매점 이용은 당연, 별점 후기는 반드시 남기기, 영화관 가면 인증사진 찍어서 SNS에 올리기 등. 영화광을 자처한 수자는 어느새 CGV의 RVIP가 되어 있었고, 수자는 RVIP가 된 자신이 너무 뿌듯하고 좋아서 나와 윤희에게 자주 자랑했다. 그러나 얼마 가지 않아 RVIP보다 높은 등급이 생겨났다. VVIP였다. 수자는 잠시 좌절했지만, 다시 열심히 영화를 보며 등급을 높여 가기 시작했다. CGV를 향한 식지 않은 열정과 영화 사랑 덕분인지, 수자는 1년이 지나가장 높은 등급인 VVIP가 됐다. VVIP! 그때 수자는 오르고 싶었지만 한 번도 못 올랐던 산 정상을 찍은 것만큼 기분이 날아갈 것 같다고 말했다. VVIP 혜택은 VVIP 등급답게 막강했다. 영화 쿠폰이나 매점 쿠폰이 쉴 새 없이 들어왔고, VVIP 등급만 응모할 수 있는 이벤트가 있었다.

　정상 등극의 기쁨을 느낀 지 반년. 수자는 시무룩한 표정과 말투로 집으로 돌아왔다.

"CGV 등급이 또 생겼어. 이제 SVIP래."

수자는 이제 더 이상 CGV로 영화를 보러 가지 않는다.

우리끼리도 잘 살아

스트리트 출신 라이

이 에세이를 연재하기 시작했을 때, 나는 이 에세이에 나오는 '우리'를 어떻게 소개해야 할지 한동안 고민했었다. 너무 길어도, 설명적이어도 안 되며, 독자들이 보자마자 '우리'라는 이 단어를 어떤 공동체적 의미로 받아들일 수 있어야 한다고 생각했다. 긴 고민 끝에, 가장 적확한 말을 찾아낼 수 있었다.

　　얼마 전 이혼 도장을 찍은 50대 여성과 집을 나와 사는 레즈
　　비언 첫째 딸, 갓 스물이 넘은 바이섹슈얼 둘째 딸, 그리고
　　중성화한 여덟 살 암컷 고양이 라이의 이야기!

　(다른 두 고양이 글은 연재가 끝나고 나서 썼다.) 주변 사람들은 에세이를 정독한 뒤 내게 질문들을 했다. 그중에서도 가장 많이 받은 질문은 "수자 씨가 뭐라고 안 해?"였는데, 그 질문에 하나하나 대답하기 힘들어 다음 편에서 대답해 줄게, 하고 넘겼다. 아마 독자분들도 궁금해하셨으리라 생각한다. 성소수자의 삶에는 꼭 부모라는 걸림돌이 있고, 원천적인 갈등은 그곳에서

발생하니까.

연재를 시작한 뒤 수자에게서 오는 전화를 받으면 첫 마디가 매번 똑같았다.

"레즈비언 빼!"

정말 한 번도 빠짐없이 같은 말을 첫마디로 해 오는 수자에게, 나는 "흐흐. 밥 먹었오?"나 "나 오늘 되게 재미있는 일 있었어"라고 응대하면서 은근슬쩍 말을 돌렸다. 이런 방법에 쉽게 당할 사람이 어디 있냐 묻는다면 바로,

여기 있다! 좀 전에 자신이 한 "레즈비언 빼!"라는 말을 그새 잊어버리는지, 내 말에 말려든 수자는 결국 자신의 요청에 대한 답을 못 듣고 전화를 끊곤 했다. 이런 일이 반복되니, 스트레스를 받기보다는 오히려 그런 수자가 귀여워서 웃음이 터질 때가 많았다. 그런데 엄마, 이 세상 사람들 다 내가 레즈비언인 거 아는데 지금 빼서 뭐 해.

아무튼, 이번 글에서는 지금껏 제대로 언급한 적 없었던 고양이 라이에 관해 말하고자 한다. 동물과 같이 사는 일을 엄청나게 반대하던 수자가 어쩌다가 고양이와 함께 살게 됐는지. 그리고 라이는 어쩌다가 우리에게 왔는지. 또, 어떻게 살아가

우리끼리도 잘 살아

고 있는지. 라이와 살면서 우리는 어떤 것들을 두려워하며 걱정하는지.

얼마 전 법무부가 동물의 법적 지위 개선 논의를 본격화한다는 기사를 봤다. 지금껏 동물은 우리의 법체계 안에서 철저히 '물건'으로 취급되어 왔는데, 동물의 비물건화 규정을 법적으로 추진하겠다는 것이다. 반려동물을 가족으로 둔 많은 사람들에게는 무척이나 반가운 소식일 것이다. 우리에게도 라이는 절대 물건이나 재산이 아닌 가족구성원이니까.

라이는 스트리트 출신으로, 윤희가 중학생 시절 발견해 데려온 고양이다. 당시 라이는 손바닥보다 조금 큰 새끼 고양이였는데, 초등학생으로 보이는 아이들이 고양이 꼬리를 잡고 놀던 것을 윤희의 친구가 발견했다. 어디서 났냐는 물음에 아이들은 5,000원에 샀다고 대답했고, 윤희 친구는 그에 맞는 돈 혹은 물건을 주고 아이들에게서 고양이를 데려왔다.

당시 윤희가 내게 전화해 간절하게 물었다.

"언니, 나 이 고양이 너무 데려가고 싶은데."

나는 잠시 고민하다 대답했다.

"데려와 봐."

　라이가 우리 집에 왔다. 처음엔 크게 반대하던 수자도, 일주일 정도가 지나자 더는 반대하지 않았다. 자연스럽게 라이의 화장실과 모래, 식기와 사료, 스크래처 등이 생겨났고, 고양이에 관해 아무것도 모르던 우리는 인터넷을 뒤져 가며 고양이 집사로 조금씩 거듭났다. 라이의 매력에 스며든 수자 또한 라이를 무척 예뻐했는데, 라이는 처음 집에 왔을 때 소리치던 수자에게 원한을 품었는지 수자의 운동화에만 오줌을 싸 두고는 했다.

　지금 생각해 보면, 부모의 허락도 받지 않고 무작정 집으로 고양이를 데려온 것은 무지하고 책임감 없는 행동이었다. 만일 부모가 끝까지 반대했다면? 키울 수 있는 경제력이 되지 않

　　　　　　　　　　　　　　우리끼리도 잘 살아

았다면? 우리 중 한 명이라도 고양이 털 알레르기가 있었다면? 그땐 어떻게 됐을까?

아찔하고 끔찍한 가정이다.

라이의 중성화

라이를 만나고 처음으로 중성화수술을 알게 됐다. 중성화수술이라는 단어는 알고 있었지만, 어떻게 이루어지는지, 왜 해야 하는지 세부적인 것들은 전혀 몰랐다. 괜히 나 편하자고 시키는 건 아닐까? 중성화하고 라이가 더 불행해지면 어쩌지? 걱정도 했다.

알아보니 중성화수술을 하지 않은 암컷 고양이는 유선종양, 자궁축농증, 난소종양, 수컷은 전립선 질환 등을 앓을 수 있다고 한다. 이런 질병들이 모두 성호르몬 때문에 발생한단다. 중성화수술을 하면 더 건강하게 오래 살 수 있으므로, 고양이의 중성화는 어쨌든 필요한 과정 중 하나인 셈이다.

중성화수술은 우리 생각보다 꽤 큰 수술이었다. 수컷은 음낭을 절개해 고환을 제거하는 과정을 거치면 되는 데 비해, 암컷은 복부를 절개한 다음 자궁, 나팔관, 난소를 모두 떼어 내야 한다. 당연히 수술 후 고통의 크기나 회복의 속도가 달랐다. 그리고, 라이는 암컷이었다.

수술을 받은 라이는 몸통을 감싸는 빨간 옷을 입고 일주일 내내 거의 일어나지 못했다. 식음도 전폐했다. 때마침 윤희는 월경불순을 겪고 있었고, 나도 월경통이 유독 심해져 친구들과 잡았던 약속을 모두 취소하고 그 주 내내 앓았다. 그때 처음으로 이런 생각을 했다.

'우리는 왜 여자로 태어나서 이 고생을 할까……'

여자 됨은 고작 이런 것으로 나누어지는 걸까. 나는 지금까지도 라이의 중성화수술과 사람의 월경을 제외하고는 여성이라는 것을 확연히 느낀 적이 없다.

라이는 애교가 많은 고양이다. 처음부터 그랬다. 사람을 약간 경계했으나 금방 적응했고, 심심할 땐 먼저 다가와서 나를 건드리며 장난을 자주 쳤다. 나도 그런 라이를 마구 만지며 장난을 쳤다.

라이는 날씬했다. 자율 배식으로 밥그릇이 비어 있을 때마다 사료를 채워 두었는데, 밥그릇은 생각보다 자주 비었다. 다른 고양이들은 중성화 이후, 아니면 성묘가 된 다음부터 살이 찌기 시작한다는데 라이는 그렇지 않았다. 잘 먹었지만 얼굴이 작고 팔다리가 길어 이곳저곳을 빠르게 쏘다닐 줄 알았다.

어쩌다 외박을 하게 되면 나는 온종일 라이 생각을 했다. 미안한 말이지만, 다른 가족들은 전혀 생각나지 않았다. 라이가 무엇을 하고 있을지, 라이가 오늘도 창틀에서 잠을 잘 잤는지, 라이가 오늘 간식을 먹었는지 궁금했다.

그때마다 윤희나 수자에게 전화나 카톡으로 라이의 사진과 동영상을 요구했고, 올 때까지 수없이 재촉했다. 전송된 미디어 속 라이를 보면, 내가 꼭 라이를 위해 살아온 것 같다는 느낌도 간혹 들었다.

///

2020년, 윤희가 대학교에 들어가고 수자가 일을 시작하면 라이는 집에 혼자 남게 될 터였다. 그 때문에 대학원이 집과 가깝고, 수업이 별로 없어 집에 있는 시간이 많은 내가 독립하며 라이를 데려가려 했었다.

윤희는 라이와 떨어지고 싶지 않았지만, 그 방법이 아니라면 라이가 종일 혼자서 집에 있게 되는 셈이니, 어쩔 수 없다는 것을 알고 있었다. 그러나 내가 라이를 마포구로 데려가기로 한 날로부터 2주 뒤에, 우리의 모든 환경이 뒤바뀌고 말았다.

우리끼리도 잘 살아

유방암 발견 후 수자의 장기 휴무.

코로나 발발로 윤희의 대학교 수업이 모두 온라인으로 변경.

광명 아파트 재개발로 신림동으로 이사 진행.

이러한 이유로, 나는 혼자서 집을 나왔다.

이사 이후 라이는 급격하게 살이 쪘다. 원인은 확실하지 않다. 내가 떠나서 그런 건지, 이사한 집에 적응하지 못해 스트레스를 받아서인지, 나이를 먹으면서 겪게 되는 자연스러운 현상인지, 활동량이 너무 없기 때문인지 구분할 수 없었다. 다만, 수자네 갈 때마다 살이 많이 찌고 무기력하고 아무것도 하지 않고 있는 라이를 보게 된다.

"너무 우울해 보여. 무슨 재미로 사는 건지 모르겠어. 안쓰러워 죽겠어. 나는 거들떠보지도 않아."

수자가 말했다.

"그러게. 엄마랑 좀 놀면 얼마나 좋아. 차라리 형제가 있었으면 덜 외로웠을까?"

내가 말했다.

"그럼 좋은데, 그랬다가는 쟤 스트레스 받아서 지방간 생길지도 몰라. 얼마나 예민한데. 너무 늦은 것 같아."

윤희가 말했다.

처음 라이를 데려왔을 때, 윤희는 중학생이었으므로 지금
보다는 그때 라이와 보내는 시간이 훨씬 길었다. 라이는 그런
윤희를 제일 좋아하고 잘 따랐으나, 시간이 지날수록 윤희도
조금씩 바빠졌다. 집에 있는 시간이 줄어들고, 귀가 시간이 늦
어졌다. 라이는 윤희를 기다리며 이불 속에 웅크려 있다가, 윤
희가 왔을 때만 모습을 드러내며 입을 열었다. 수자에게는 한
줌의 관심도 주지 않았다. 어릴 적 자신에게 소리쳤던 기억 때
문인지, 신발에 오줌을 누는 것으로는 모자란 모양이었다. 수
자는 라이와 친해지기 위해 이런저런 노력을 기울였지만, 모두
실패로 끝났다.

우리는 계속 라이의 삶에 관해 이야기하지만, 늘 제자리다.
라이가 말을 할 수 있다면, 꼭 "나 너무 살기 싫어. 사는 게 재
미없어" 같은 말을 첫마디로 뱉을 것 같아 두렵다. 나는 '라이'
라는 단어에서까지 소진의 감각을 어렴풋이 읽어 내기에 이르
렀다. 우리가 지금 라이에게 너무 큰 잘못을 하는 것은 아닐까.
다른 사람들도 우리 같은 생각을 할까. 다른 고양이들도 이런
일상을 살아가고 있을까.

우리끼리도 잘 살아

나의 자랑 라이

라이는 오후 2시에서 3시 사이의 시간을 좋아했다. 라이가 책상을 밟고 내 방 창문틀에 올라가 엎드려 있으면, 햇빛을 받아 털이 금빛으로 반짝거렸다. 그러면 나는 책상 앞에 앉아 글을 쓰거나, 책을 읽거나, 영화를 보았다. 어쩔 땐 라이보다 더 긴 낮잠을 잤다. 그런 내 얼굴을 라이가 책상 위로 뛰어내려 와 앞발로 툭툭 건드렸다. 깨어나면 어느덧 해가 지고 있었다.

///

또다시 봄, 지금 내 방 창문 바깥은 전과 다르다. 벚나무 같은 건 없다. 옆 빌라의 오래된 창틀과 먼지 쌓여 흐린 유리창이 내 방에서 내다볼 수 있는 풍경의 전부다.

　라이는 없는 곳에서, 요즘 나는 예전의 라이처럼 산다. 오후 2시에서 3시 사이에 침대에 드러누워 책을 읽거나 영화를 본다. CD플레이어로 잔잔한 음악이 나오는 라디오를 듣거나, 블루투스를 연결해 유튜브 플레이리스트를 재생한다. 비가 오면 창밖을 내다보고, 거리의 고양이 울음소리에 반응하며 고개를 갸웃거린다.

오늘의 노래는 〈키세키〉. 이 노래를 들으면 라이와 함께 누워 낮잠을 자던 시절이 생생하게 재생된다. 그때의 바람과 햇빛과 기분, 먼지처럼 나풀거리며 떨어지던 라이의 노란 털이 떠오른다. 곧이곧대로, 나는 느낀다.

> 우리의 만남은 이 거대한 세상에서
> 조그마한 사건이지만, 만날 수 있었어
> 그런 게 기적이야.
> ─ 그린(GReeeeN), 〈키세키Kiseki〉에서

타로를 뽑는다. 내가 주로 사용하는 덱은 페이건 캣츠로, 수십 장의 카드에 모두 고양이 그림이 들어가 있다. 스프레드를 놓은 채로, 나는 나의 신비한 고양이에게 질문한다. 어떻게 하면 라이에게 더 좋은 가족이 될 수 있을지. 어떻게 하면 라이의 삶이 더욱 행복해질 수 있을지. 어떻게 하면 라이가 외롭지 않게 살아갈 수 있을지.

그리고 뽑는다. 내가 뽑은 카드는 정방향. 컵 3번 카드다.

우리끼리도 잘 살아

　컵 3번의 카드는 고양이 세 마리가 모여 포도를 따는 그림이다. 고양이들의 표정은 즐겁고 밝으며, 주변은 알록달록한 빛깔의 과일이 잔뜩 있다. 컵 3번의 카드는 그림처럼 정서적인 교류가 활발한 때, 서로 화합하며 잘 지내는 시기를 나타낸다. 컵은 여성적인 요소로, 감정을 뜻한다. 여기 나오는 고양이가 암컷인 것으로 유추해 보자면, 사랑보다는 우정이나 자매애가 관여된 시각으로 현재를 보아야 한다는 뜻이 된다.

　즐거운 시기를 보내는 만큼, 치울 것도 많다. 떨어진 과일을 주워 담지 않으면 열매들은 곧 시들고 짓이겨진 채로 땅을 지저분하게 만들 수도 있다. 그러니 기쁨과 즐거움의 감정을 잠시 절제하고 할 일을 마저 끝내야만 즐거운 상황을 온전히 누릴 수 있는 것으로 보인다.

3
장

자라나는
미래

이혼 축하합니다

부모가 이혼하기 전까지, 나는 둘 사이의 매개체이자 감시자이자 대변인이었다. 나이가 어린 윤희보다는 한참 큰 내가 부모와 더 친했고, 나는 그들과 술자리도 (따로) 많이 가졌으므로 부모의 고민들은 온전히 내 몫이었다. 그리고 그들의 가장 큰 고민은 역시나 이혼이었다.

수자와 술을 마시면 수자가 내게 "아빠는 뭐라고 안 하디? 이혼 얘기 안 하디?" 물었고, 아빠와 술을 마시면 아빠가 "너네 엄마가 뭐라고 안 하디?" 물어왔다. 처음에는 "이혼 생각은 뭐 둘 다 하고 있는 것 같아" 하고 대답해 주었지만, 시간이 지나면 지날수록 내가 왜 이러고 있어야 하는지 의문이 몸을 풍성하게 불려 갔다. 결국 나는 부모에게 조언하기에 이르렀다.

"그냥 이혼하자고 말하라니까? 지금 둘 다 서로가 먼저 말하기를 기다리고만 있잖아요. 대체 뭐 때문에 그러는 건데? 윤희도 이제 다 컸고, 알 거 다 알고, 지금도 따로 살고 둘 사이도 완전히 끝났는데, 이제는 각자 인생 살아야 할 거 아니야? 언제

　　　　　　　　　　　우리끼리도 잘 살아

까지 이럴 거야?"

내 말에 부모는 고개를 끄덕였다. "그래, 네 말이 맞아" 동의도 했다. 하지만 이혼은 두 사람에게 생각보다 큰 공포이자 고난이었던 것 같다. 지금껏 한 가족으로 살아온 시간들이 서류 도장 한 번에 사라진다는 것. 더는 가족으로 구성되지 않게 된다는 게, 두 사람의 미래를 예측하기 어렵게 만들어 계속 미루고 미루는 듯했다. 하지만 그들은 알고 있었다. 끝낼 때가 됐다는 것을, 지금이 딱 그 시기라는 것을.

친할아버지가 돌아가셨다. 아빠는 수자에게 그 사실을 전하지 않았다. 엄마에게 말하지 말라고, 엄마를 부르지도 말라고 했다. 아빠는 수자 없이 장례를 치렀다.

수자가 암 진단을 받았다. 수자는 아빠에게 그 사실을 전하지 않았다. 아빠에게 말하지 말라고, 아빠를 부르지도 말라고 했다. 수자는 아빠 없이 수술을 했다.

시간이 더 흐른 뒤, 나는 앞의 일들을 빠짐없이 두 사람에게 전했다. 부모는 한참 동안 말이 없었고, 내게 더 이상 아무것도 묻지 않았다. 그리고 둘은 나를 통하지 않고 직접 연락을

해서 이혼을 하기로 합의했다. 그 이야기를 듣고 "잘했어", "잘
했어요" 그들을 토닥여 주었다. 감히 그들의 마음을 어림잡을
수 없었다.

///

지금도 나는 부모와 자주 만난다. 이전처럼 술을 마시거나 밥
을 먹는다. 둘은 이제 서로의 이야기를 나에게 떠 보지 않는다.
대신, 요즘 새로 하고 있는 일이나 하고 싶은 일을 이야기하는
데 집중한다. 웃고, 떠들고, 보여 주고, 늘어놓으며 즐거워한
다. 그럼 나는 박수를 치고 따라 웃으며 "보기 좋다, 진작 이렇
게 살지 그랬어" 하고 말해 준다. 그들이 어렵게 내린 인생의
결정을 다시 한번 축하해 주는 것이다.

　　이혼 축하합니다.

　　　　　　　　　　　　　우리끼리도 잘 살아

프랑스

해외여행을 간다면 어디로 가고 싶냐는 질문에, 수자는 늘 프랑스라고 대답했다.

수자는 프랑스가 어디에 있는 나라인지 모른다. 프랑스의 수도가 파리인 것도 모르고, 파리에 에펠탑이 있다는 것도 모르고, 프랑스에서 프랑스어를 사용한다는 것도 모른다. 프랑스에 지하철이 있다는 것도 모르고, 프랑스 지하철에서는 오줌 냄새가 심하게 난다는 것도 모르고, 드럭스토어에서 화장품을 파는 것도 모른다. 아마 수자는 프랑스의 스펠링도 모를 것이다. 이는 그가 바보라서가 아니라, 그만큼 프랑스에 관심이 없어서다.

그런데도 수자가 번번이 프랑스에 가고 싶다고 대답하는 것은, 프랑스로 출장을 갔던 내가 수자에게 전화해 이렇게 말했었기 때문이다.

"여기 엄마가 좋아할 것들이 정말 많아. 수도원도 있고, 낮은 담벼락과 지붕도 있어. 그 위에서 낮잠도 잘 수 있고 공원은 엄청 넓어. 오를 수 있는 절벽이 있고, 작은 바닷가 마을이 있

고, 바닥에 누워 하늘을 보면 금방이라도 얼굴에 우수수 떨어
질 것 같은 별들이 눈앞에 있어. 엄마가 정말 좋아할 거야. 에
펠탑도 보고, 자전거도 타자. 엄마랑 꼭 프랑스에 오고 싶어.
나중에 꼭 같이 프랑스에 가자."

그러므로 나는 수자와 프랑스에 가야 한다. 무슨 일이 있어
도 반드시.

우리끼리도 잘 살아

첫째 디디

디디를 주웠다. 디디를 주워 온 건 이번에도 다름 아닌 윤희였다. 디디는 광명시 철산동 주공 8단지 아파트 길목에 앉아 사람들에 둘러싸여 있었다. 빽빽 울며 사람들을 따라다니고 있던 거다. 윤희는 디디를 발견하고 즉시 나에게 연락했다. (생각해 보니 윤희는 이런 일이 있을 때 늘 내게 먼저 연락을 했다. 어째서지?) 디디의 사진을 보내면서 어떻게 하냐고 물었다. 윤희가 보낸 사진을 열어 보고 살짝 놀랐다. 디디의 상태가 아주 안 좋아 보였기 때문이다. 돌아간 눈, 엉키고 더러워진 털, 귀에 가득한 진드기, 여기저기 빠진 털까지.

윤희는 자기 집에 데려가고 싶다고 했지만, 집에는 이미 라이가 있었다. 디디는 당시 링웜(고양이에게 옮길 수 있는 곰팡이 피부병)을 갖고 있었으므로, 고양이가 있는 집에 가는 것은 불가능했다. 결국 나는 윤희에게 디디를 구조해서 병원에 다녀온 뒤 내가 사는 동네로 데려오라고 했다. 윤희는 디디를 동물병원으로 데려가 검사를 시켰고, 작은 이동장에 넣어 늦은 저녁쯤 우리 집으로 데려왔다.

마주친 디디는 사진보다 상태가 더욱 심각했다. "얘 진짜 금방이라도 죽을 것 같아. 어떡해?" 내가 물으니 윤희가 답을 주었다. "병원에서 의사 선생님이 그랬는데, 얘 살 의지가 너무 엄청나대. 그래서 누가 구조하지 않았더라도 어떻게든 길바닥에서 생존했을 애래." "그럼 구조할 땐 어땠고?" 다시 묻자 윤희는 이동장 문 열자마자 디디가 스스로 들어왔다고 답했다. 나는 그런 디디에게 측은지심을 느꼈다. 당시 나는 백수여서 디디를 키울 능력도 생각도 없었지만, 적어도 건강이 좋아질 때까지는 잘 보살펴 좋은 집으로 입양 보내고 싶었다.

나와 디디의 동거가 시작됐다. 디디는 아주 영리하고 애교가 넘치는 고양이였다. 사람을 무서워하지 않고 달려들길 잘하며 한시도 가만히 있지 못하고 시시때때로 잠들었다가 벌떡 깨어나는, 밥이 없으면 밥그릇을 툭툭 치고 물이 없으면 물그릇을 툭툭 치며 야옹야옹 말을 하는 그런 천재 고양이였다. 나는 디디에게 '디디'라는 이름을 붙여 주기로 했다. 큰 뜻은 없었다. 디디, 하고 발음할 때 혀끝이 이에 부딪히는 순간이 좋았다. 디디, 하고 불러 보면 금방이라도 다다닥 달려와 내 품에 안겨드는 것이, 이름과 어쩐지 비슷하게 느껴졌다. 그렇게 디디는 디디가 됐고, 디디는 디디가 자신의 이름이라는 것을 아

우리끼리도 잘 살아

는 듯이 디디! 부르면 금세 내게 달려왔다.

　1년이 지났다. 나는 아직도 디디를 '임보'('임시보호'를 줄인 말. 나와 같은 경우는 대부분 입양이라 부르지만)하고 있다. 디디를 입양하겠다는 사람이 꽤 있었지만 제안을 모두 거절했다. 다른 집으로 보내기에는 내가 디디를 너무 많이 사랑하게 되었고, 아픈 모습이 건강한 모습이 될 때까지의 과정을 지켜본 사람으로서 묘한 책임감이 생겼다.

　디디의 평생을 책임지려면 돈이 있어야지. 결국 새 직장을 구하고 일을 다니기 시작했다. 디디의 '꽃말'은 책임감. 나는 그 책임감 덕분에 다른 사람처럼 루틴이 있는 건강한 일상을 살수 있게 됐다. 이전처럼 집에 박혀 우울해하거나 사람을 만나지 않은 채로 외로워하는 일도 사라졌다.

　디디는 나의 새 가족이 됐다.

둘째 딩딩

디디가 나를 깨물기 시작했다. 한두 번 깨무는 것이라면 괜찮았다. 하지만 디디는 참을 수 없이 나를 깨물어 댔다. 있는 힘껏, 그것도 팔다리나 손발이 아닌 엉덩이, 겨드랑이, 목, 얼굴, 배 등을 깨물어서 나는 한시도 가만히 앉아 있거나 누워 있을 수가 없었다. 다른 고양이들은 물어도 이 정도까지 세게는 안 문다는데. 인터넷을 찾아보니 원인은 디디의 사회화에 있는 듯했다. 고양이는 어릴 때 형제를 물면 똑같이 형제에게 물려서 세게 깨물면 안 된다는 걸 몸소 학습하게 된다는데, 디디의 경우처럼 너무 어릴 때 가족을 떠나 사람에게 오게 되면 적당히 무는 방법을 배우지 못하는 것이다.

디디는 날이 갈수록 나를 더 세게, 자주 깨물었고 마침내는 5초에 한 번씩 깨물어 댔다. 나는 결국 주저앉아 엉엉 울었다. 대체 나한테 왜 이래, 내가 뭘 그렇게 잘못했어……. 이래선 안 된다고, 뭔가 방법이 필요하다고 궁리하던 나는 둘째 입양에 눈을 돌렸다.

우리끼리도 잘 살아

사실 둘째 입양은 이전부터 하고 싶었다. 디디에게 분리불안증이 있음을 발견한 뒤부터 그랬다. 내가 외출을 했다 집에 돌아올 때까지, 디디는 현관에 앉아 나를 기다렸다. 그러다 내가 오면 미친 듯이 울었다. 디디가 '내가 없으면 아무것도 못하는 고양이'로 사는 건 싫었다. 디디에게도 디디의 인생이 필요해! 디디는 기다릴 줄 알고 낯가림이 없었으므로, 둘째를 데려와 합사에 성공한다면, 분명 분리불안증도 사라지고 깨무는 버릇도 없어지리라 기대했다. 포인핸드 앱을 켜서 입양을 기다리는 보호소 아이들을 검색해 보았다.

보호소에 등록된 고양이는 정말 많았다. 눈도 못 뜬 새끼, 성묘, 사람과 함께 살았던 흔적이 있는 노묘도 있었다. 고양이 사진을 참 많이도 봤지만, 입양을 해야겠다는 확신이 드는 고양이는 찾지 못했다. 그만 봐야겠다 하고 화면을 끄려다가 딩딩이를 발견했다. 딩딩이의 첫인상은, 못생기고 귀여웠다. 입양 공고에는 보통 예쁘게 잘 찍은 사진을 쓰기 마련인데, 유독 딩딩이 사진만 못생기게 나와 눈에 띄었다. 주변 친구들에게 딩딩이 사진을 보여 주자 아주 못생기고 귀엽네, 라고 대답들이 돌아왔다. 역시 내게만 못생겨 보이는 건 아니구나. 나는 딩딩이의 입양 공고를 훑어 내리고 다른 고양이 공고로 시선을 옮겼다. 딩딩이는 보호소에 형제들과 함께 있던 터라 얘만 혼자 데려오긴 어렵다고 생각했다. 그런데 머릿속에서 딩딩이가 떠나지 않았다. 입을 쫙 벌리고 있는, 사진에서도 소리가 날 것 같은 입과 동그랗게 뜬 두 눈, 먹물 묻은 듯한 코까지. 그 어떤 고양이를 봐도 자꾸 딩딩이 생각이 났다. 잘 때도, 잠에서 깨 일과를 보내는 도중에도 그랬다.

결국 딩딩이를 입양하기로 했다. 보호소에 연락하고 빠르게 방문 일자를 잡았다. 시내버스를 타고 또 갈아타며 경기도 안양시 한 빌라로 향했다. 그곳에서 딩딩이가 나를 기다리고 있었다. 이동장을 들고 가는 내내 설렜다. 실제로 만난 딩딩이는 어떨까? 너무 낯을 가리거나 수줍음 많은 고양이면 어쩌지? 여러 생각들을 하면서 도착한 빌라 앞에서 심호흡을 몇 번 한 뒤 문을 두드렸다. "안녕하세요, 저 딩딩이 입양자입니다."

문이 열리자 여러 명의 봉사자들께서 나를 격하게 환영해 주셨다. "어머, 어서 와요! 여기로 가면 딩딩이가 있어요." 그분들을 따라 방문을 열고 들어가니, 무언가 검은 물체가 후다닥거리더니 내게로 달려와 폭 안겼다. 딩딩이였다. 홍분한 딩딩이를 잠시 봉사자분께 맡기고 입양 계약서를 작성했다. 계약서를 작성하는 사이에도 딩딩이는 이리 갔다 저리 갔다 우다다

우리끼리도 잘 살아

를 반복했다. 생각보다 무척 활발한 고양이였다. 내가 계약서를 다 쓰고 이동장에 넣을 때까지 한 번도 멈추지 않고 뛰어다녔다. 이래서 이동장 안에서는 어떻게 버틸까?

다행히도 딩딩이는 이동장 안에 들어가자마자 조용해졌다. 체력이 떨어져 졸음이 쏟아진 듯했다. 아직 어린 아기였으니까 갑자기 잠드는 것도 이상하진 않았다. 딩딩이를 넣은 이동장을 보물처럼 품에 꼭 안고 택시를 탔다. 집에 도착할 때까지 잠든 딩딩이를 내려다보며 혼자 중얼거렸다. 딩딩아, 이제부터는 내가 널 평생 책임질게.

그러자 걱정이 들기 시작했다. 혼자서만 생활했던 디디가 딩딩이를 받아들일 수 있을까? 딩딩이는 디디를 좋아할까? 둘의 합사는 과연 성공할 수 있을까? 만일 안 되면 어쩌지? 수십 수백 가지 시뮬레이션을 돌리고 또 돌려 봐도 결국은 실제로 부딪혀 봐야 아는 문제여서, 현관이 열리는 순간까지 속으로 빌고 또 빌었다. 합사 성공할 수 있게 얘들아, 친해져 줘!

//

내 걱정과 달리, 둘은 아주 끈끈해졌다. 첫날엔 얼굴을 쭉 빼고 서로의 냄새를 맡으며 졸졸 따라다니더니, 다음 날 아침에는 몸을 포개고 함께 누워 있을 정도로 친밀해졌으며, 셋째 날이 되어서는 서로를 핥아 주기에 이르렀다. 원래 합사가 이런 거야? 이렇게 쉽고 빠른 거야?

친해지기까지는 안 바라니까 제발 싸우지만 말아 달라던 나의 바람은 너무도 쉽게 이루어졌고, 주변 사람들은 무척이나 놀라워하며 말했다.

"넌 진짜 운 좋은 집사야. 이렇게 합사가 잘되는 경우는 처음 봐."

"어디서 저렇게 순하고 착한 애들을 데려온 거야? 진짜 운 좋다."

더욱 다행인 건 디디가 긍정적인 쪽으로 많이 변했다는 사실이다. 뭐랄까, 더 의젓해졌달까? 사고뭉치였던 디디가 어엿한 행동을 보이는 게 처음에는 적응되지 않아 어색할 정도였다. 간식을 줄 때나 장난감으로 놀아 줄 때 딩딩이에게 순서를 양보해 주는 디디의 모습. 딩딩이는 그런 디디를 잘 따랐고, 둘은 여전히 둘도 없는 친구로 사이좋게 지내고 있다.

아, 딩딩이는 예전보다 훨씬 예뻐졌다. 눈도 커지고, 코도

　　　　　　　　　　우리끼리도 잘 살아

오똑해졌으며 멋진 수염을 기를 줄도 안다. 그런 점에서 딩딩이는 나를 참 닮았다. 나도 어릴 땐 정말 못생겼는데, 시간이 지나면 지날수록 예쁘다거나 잘생겼다는 이야기를 많이 들을 정도로 역변했기 때문이다. 하지만 딩딩이가 예뻐지지 않았더라도, 처음 본 사진 속 모습 그대로였어도 나는 그 누구보다 딩딩이를 예뻐하고 사랑했을 거다.

뭐 당연한 소리지만.

엄마는 손주 봐 주고 싶어

"소리야, 엄마는 손주 봐 주고 싶어."

수자가 말했다. 그렇지만 그것은 절대로 불가능한 일이라는 걸, 수자 또한 알고 있다. 나는 레즈비언이고 남성과 결혼할 일이 없으며, 여성과 결혼하고 싶다 해도 아직 한국에서는 동성결혼이 법제화조차 되어 있지 않아서 법적으로는 가족이 될 수 없다는 것을. 처음에는 믿을 수 없다는 말투로 "소리야, 제발 정신 차리고 시집 가야지. 애는 낳아야지" 하던 수자도, 요즘엔 완전히 포기했는지 더 이상 결혼 이야기를 꺼내지 않는다. 손주를 봐 주고 싶다는 말은 내가 아닌 윤희에게로 옮겨 갔다(윤희는 아직 이 사실을 모른다).

"그래. 소리 너는 됐고, 엄마는 윤희 애기 봐 줄 거야."

그랬던 수자에게 드디어 손주가 생겼다. 그것도 둘씩이나! 모든 조건이 완벽했다. 어리고, 작고, 귀엽고, 미숙한 존재들! 그러므로 수자가 보살펴 줄 수 있는 존재라는 조건 말이다. 손

우리끼리도 잘 살아

주의 정체는 바로 우리 집 디디와 딩딩이다. 어쨌든 돌봐 줘야 하는 존재들인 건 맞잖아?

눈에 넣어도 아프지 않을 손주는 비록 사람이 아니고 고양이지만, 수자는 매우 만족한 듯 보인다. 겉으로는 못생겼다고 핀잔을 주어도, 디디와 딩딩이를 어루만지는 수자의 손길은 누가 봐도 사랑이 듬뿍 담긴 부모의 손길이니까. '내가 어렸을 때 수자가 나를 저렇게 돌봤을까?' 하는 생각이 들 정도로, 수자는 디디와 딩딩이를 무척이나 예뻐한다. 얼마나 좋으면, 내가 집에 없을 때 우리 집에 들러 간식도 주고 장난감으로 한참이나 놀아 주다 내 얼굴도 보지 않고 돌아갈 때가 많다.

신기한 건 디디가 수자를 아주 많이 좋아한다는 점이다. 디디는 딩딩이에 비해 낯을 조금 가리는데, 이상하게 수자 앞에서는 발랑 몸을 까 배를 내보이고, 졸졸 따라다니면서 애교를 엄청 부린다. 그러니 수자에게 마구 예쁨받을 수밖에. 수자도 그런 디디를 딩딩이보다 조금 더 좋아하는 듯하다. 딩딩이는 아무에게나 배를 까는 애니까 패스하고!

내가 가끔 "나 어디 여행 가면 엄마가 애들 좀 봐 줘. 엄마 집에 데려다주고 갈게" 말하면, 수자는 "됐어! 애들 또 우다다

하면 살림살이 다 망칠 거 아냐!"라고 거절한다. 하지만 이제는
버릇처럼 "너는 여행 같은 거 안 가니?" 하며 나를 떠본다. 싫다
는 건 순 거짓말이니, 빨리 나더러 애들을 맡기고 어디로든 좀
떠나라는 소리다. 나 역시 수자에게 손주들과 함께하는 기쁜
하루를 선사하고 싶지만, 코로나19로 소란스러운 시국이라 여
행을 가는 건 사치처럼 느껴졌다. 그래서 수자는 내가 떠날 그
날을 기다리는 사람이 됐다.

///

고양이들을 쓰다듬으며 수자가 말한다.

"손주 같은 거 다 필요 없어. 엄마는 그냥 뒷산 고양이들이
나 너네 고양이들 봐 주면서 내 인생 편하게 혼자 살 거야."

나는 묻는다.

"그럼 이제 윤희 자식도 포기한 거야? 잘됐네." 그러면 수자
는 태세를 바꾸어, 아주 단호하게 대답한다. 고개도 젓는다.

"아니지. 그건 좀 다른 이야기지. 윤희 자식은 봐 줄 거야."

윤희는 아직 이 사실을 모른다.

　　　　　　　　우리끼리도 잘 살아

나의 스마트 자전거

나는 자전거를 아주 잘 탄다. 어릴 때부터 두발자전거를 타고 양손을 높게 들어 만세 포즈를 취한 상태로 동네를 빨빨거리며 돌아다닌 경험들이 자전거 실력에 도움이 됐다. 어릴 때 가장 좋아하던 자전거 코스는 철산 주공 7단지에서 주공 8단지로 내려오는 급경사 길이었다. 높은 곳에서 빠르게 앞으로 돌진해 나가다 보면 꼭 허공을 날고 있는 기분이 들어 가슴이 후련해지곤 했다. 몇 번이고 다시 그 오르막길을 오르고 내리길 반복했다. 수없이 넘어지고 무릎이 깨졌지만, 다행히 아직 남아 있는 흔적은 없다.

중학교에 들어가면서 나의 라이딩은 끝이 났다. 다른 동에 사는 친구들과 함께 하교하고, 걷고, 놀기 위해서는 자전거가 없어야 했으니까. 버스를 타고 등하교해야 하는 고등학교에 진학한 후로는, 갖고 있던 자전거도 어디 갔나 모를 정도로 아무런 관심을 두지 않았다. 다시 자전거에 손을 댄 건 10년 정도가 흐른, 얼마 전이다.

성산동 아래에는 내천이 있다. 내천을 지날 때마다 '나도 저기서 여유롭게 자전거 타며 운동하고 싶다'고 생각했는데, 이는 선선한 날씨와 가볍게 스쳐 지나가는 바람, 예쁜 저녁 풍경 때문이었다. 서울시에 따릉이(자전거 대여 서비스)가 생기면서 많은 사람이 갖고 있던 자전거를 매물로 싸게 내놓고 있다는 사실이 떠올랐다. 당근마켓 앱을 켰다. 자전거를 검색하니 역시 매물이 기다렸다는 듯 와르르 쏟아졌다.

픽시를 사고 싶었다. 예쁘니까. 그러나 브레이크가 없다는 단점이 조금 마음에 걸렸다. 내가 거주하는 곳은 골목이 많고 경사가 가파른 바람에 자칫하면 큰 사고가 날 수 있었다. 대여를 시작하면 자동으로 보험에 가입되는 서울시 따릉이와 달리 개인 자전거는 따로 보험을 들지 않으면 적용이 되지 않으므로, 만일 자전거를 타다 큰 사고가 나거나 멀쩡히 있는 자동차를 받아 버리면 내 지갑과 통장 잔고는 바닥을 치다 못해 땅굴을 파게 될 것이었다. 빠르게 픽시를 포기했다. 웬만큼 평범하고 튼튼하며 10만 원대의 저렴한 가격에 판매되는 중고 자전거를 골랐다.

문제는 결제였다. 수중에 현금이라곤 2만 원뿐이었다. 그마저도 하루 뒤면 커피값과 담뱃값으로 나가야 할 돈이었으므

우리끼리도 잘 살아

로 도움을 받아야 하는 상황이었다. 그런데 때마침 운 좋게도, 경품으로 받았지만 사용하지 않는다는 자전거를 공짜로 받게 됐다. 당근마켓을 종료한 뒤 곧 도착할 나의 새 자전거를 기다렸다. 비싼 자전거라는 말에 더욱 가슴이 설렜던 건 '안 비밀'이지만, 바퀴에 바람을 넣으러 동네 자전거 점포에 자전거를 가져갔을 때, 나의 마음은 완전히 탄로 났다.

"스마트네 스마트여. 제일 싼 거."

자전거 점포 사장님은 은근히도 아니고 대놓고 내 자전거를 무시했다. 하지만 나는 스마트하든 말든 가격이 얼마나 하든 말든 상관 않기로 했다. 왜냐하면 공짜로 받았으니까! 자전거 점포 사장님에게 자전거는 바퀴만 잘 굴러가면 된다는 으름장을 놓으며 자전거를 끌고 집으로 돌아갈 때, 해가 뉘엿뉘엿 지고 있었다. 뉘엿뉘엿 지다니. 너무 뻔하고 지루한 표현인가, 생각도 했지만.

자전거가 생기니 어디든 갈 수 있다는 자신감이 나를 점령했다. 당근마켓 앱을 켜니 마침 레드벨벳 공식 굿즈를 아주 싼 가격으로 판매하고 있었고, 나는 그것을 사기 위해 신촌에서 직거래 약속을 잡았다. 예리와 조이의 〈루키〉 클리어 파일, 그리고 여권 케이스가 단돈 6,000원! 이참에 교통비도 한번 아껴 보고자 자전거를 개시했다. 6,000원을 가방에 넣고 스마트 자전거를 타는 설렘과 기대에 가득 차 날아갈 것만 같은 기분으로 페달을 밟으며 신촌으로 떠났다. 휴대폰으로 자전거 전용 도로를 검색해 본 결과, 15분이면 도착한다는 정보를 얻었다. 그래도 초행길이니 조금 더 일찍 출발하자 해서 빨리 출발했다. 나의 판단은 아주 옳았다. 왜냐하면,

분명 한 번도 쉬지 않고 미친 듯이 전력 질주를 했는데 신촌까지 한 시간이 걸렸다. 아니, 분명 15분이면 간다고 했는데. 고작 3.7킬로미터 거리를 어째서 한 시간 동안이나 간 것일까? 아니, 그보다도 그게 가능한가? 나는 분명 지도를 꾸준히 보며 맞는 길로 다녔고, 심지어 지도 앱에서는 도보로 간다면 60분이 걸릴 거라 했는데, 나는 도보도 아니고 자전거를 이용했단 말이다. 그런데 어떻게 이런 일이 생길 수 있지?

결론부터 말하자면 나는 두 손 다 들었다. 신촌에 도착해서는 아무 말도 할 수 없을 정도로 숨이 차고, 현기증이 나고, 온몸이 저리고, 힘에 부쳐 죽을 것만 같았다. 여기까진 어떻게든 왔지만, 다시 자전거를 타고 되돌아갈 수 없겠다는 결론에 이

우리끼리도 잘 살아

자전거 데려다주실 분 구합니다...

스포츠/레저 · 2020년 9월 22일

볼 일이 있어서 성산2동부터 야심차게 자전거 타고 신촌역까지 왔는데 제가 10년만에 타서 그런지 너무 힘드네요... 택시에는 실을 수 없는 크기라서... 체력 짱짱한데 시간 나는 분들 중에 혹시 신촌역부터 성산2동까지 자전거 좀 타고 데려다주실 분 안 계신가요... 도저히 집에 데리고 못 가겠어요 그전에 쓰러질듯... 장난 아니에요 진짜 진지합니다 ㅠ 도착지는 성산2동 주민센터예요

르고는, 중고 거래를 마친 뒤 당근마켓 앱을 열어 글을 하나 올렸다. 사진은 길 전봇대에 묶여 있는 스마트 자전거 사진. 글 내용은 "자전거 데려다주실 분 구합니다." 결국 나는 6,000원의 두 배가 넘는 가격의 기프티콘을 지불하고 어떤 라이더께 내 자전거를 맡긴 뒤 버스를 타고 귀가했다. 내가 탔을 땐 한 시간 걸리던 거리를, 라이더는 30분도 채 되지 않아 도착하셨고 나는 그 사실에 절망했다. 머리가 멍청해서 몸이 고생했다는 사실을 부정할 수 없게 된 것이다.

그 이후로 자전거를 타지 않았다. 타게 돼도 가까운 병원 정도를 오갔다.

"그럼 자전거 나 줘!"

수자가 말했다.

"그래. 집 앞으로 갖다줄게."

나는 흔쾌히 대답했다. 그런데 과연 내가 자전거를 직접 갖다줄 수 있을까?

막막해진 나는 자전거를 실을 수 있는 택시를 찾기 위해 택시 앱을 깔았다. 조만간 가져다주어야겠다. 수자가 좋아할 테니까. 내 입가에 웃음이 잠깐 걸렸다가 떨어졌다.

우리끼리도 잘 살아

재난지원금

재난지원금이 들어왔다. 20만 원. 큰 금액도 아니고, 고작 20만 원이 들어온 건데, 어째서 이렇게 숨통이 트이고 전보다 살 만할까? 내 생활이 20만 원에 좌우되는 것이던가?

재난지원금을 받기 위한 증빙서류를 수집할 때, 이런 생각을 했다. 재난을 증명해야만 재난을 인정받고 재난지원금을 사용할 수 있다는 거, 너무 웃긴 일 아닌가? 겨우 이런 것들로 사람들의 재난을 증명할 수 있나?

결과적으로 나는 '겨우 이런 것들'로 재난을 증명했다. 딱히 할 말은 없다. 공인인증서도 비밀번호를 잊으면 본인 인증을 못 하게 되는데, 증명하지 않고서 인정받을 수 있는 것은 아무것도 없는 세상이라고. 그렇게 생각하고 만다.

이런 내가 너무 무심한 거 아닌가? 재난을 증명하는 과정에서 재생산될 폭력이나 억울한 사람들에 대한 무시는 어떻게 되는 거지? 곰곰이 생각하다가 머리를 박고 또 박고, 재난이란 대체 누구에 의해 생겨나는 것일까 고민하게 되는 것이다.

트위터에 이런 글을 썼다

한소리 @4osti

오늘 울었어. 20대 초반부터 공황장애 때문에 지하철도 못 타고 진짜 힘들었는데 오늘 대림에서 합정동까지 혼자서 지하철 타고 갔어. 플랫폼에 발을 내딛는데 너무 벅찬 거야. 기쁘고, 내가 기특하고, 대견한 거 있지. 약발이겠지만, 그래도 큰일을 해냈다고 생각해. 기뻐서 울었어.

(2021년 9월 26일 오후 8시 4분 twitter for Android 앱을 통해)

우리끼리도 잘 살아

모르는 사람들이 댓글을 남겨 주었다

— 너무 대단해, 언니는 짱이야. (Kim**)

— 소리 님 정말 수고하셨어요. 항상 응원하고 있어요. (zae**)

— 용기 내신 거 너무 멋지고 대단해요. (yeo**)

— 고생하셨어요, 소리 님. (fhd***)

— 기특하다. 너무 기특해요. 잘하고 있어요. 곧 건강해지겠네!
  (salt***)

— 약발이라고 해도 본인이 스스로 해낸 겁니다. (rr***)

— 그냥 너무 축하드린다는 말 해 드리고 싶었어요. (yoe**)

— 우리들 너무 다 대단합니다! (it_**)

— 고생했고 잘했어, 최고야. (Fck***)

— 이 기억으로 다음 한 발도 멋지게 해내실 거예요. 그런데 뭐
  다음 한 발 따위 안 해낸들 어떻겠어요. (miy**)

— 용기에 저도 응원받고 갑니다. 비록 얼굴도 모르지만. 어디
  선가 저도 마음속으로 계속 응원할게요! (ii**)

— 저도 공황장애 때문에 중학생 때부터 아예 지하철 못 탔는
  데 고등학생 때 처음으로 명동까지 갔다오고 집 와서 엉엉

울었던 게 생각나서 또 눈물이 나요. 그때의 벅찬 기분은 아직도 잊을 수가 없어요. (dor**)

— 약발이라니요. 이겨 내고자 하는 멋진 마음에 약이라는 조건이 잠시 도운 거지요. 그런 류의 우연을 천천히 쌓아 가다 보면 분명 언젠가는 스스로 원하던 모습이 되어 있을 거예요. 흔하디흔한 문구라 우리 작성자님께 바로 와닿을지는 모르겠지만, 많이 쓰이는 문구인 만큼 정말 보편적인 내용이거든요. (325**)

— 장하십니다. 그렇게 한 발씩! (Cat**)

— 작은 발자국이지만 그 한 발자국 내딛는 게 어쩌나 힘든지요. (vei**)

— 한소리 님을 응원해요. (rao**)

— 다 괜찮아질 거란 말은 못 드리겠지만 지하철 버스 못 타고 많은 사람들 지나가는 통로, 지하계단 지나는 걸 힘들어한 10년을 넘기고 조금씩 좋아지는데 누구에게 말하기도 그렇고 트위터에다 말하는 거 그 위로받는 느낌 알아서 토닥토닥해 드리고 싶네요. 우리 조금씩 나아집시다. (zza**)

— 다음엔 같이 가요. (XYX**)

— 나에게 참 잘했어요 스티커 100만 개 붙여 주세요! (pin**)

우리끼리도 잘 살아

— 멋진 날이네요. 아주 잘하셨어요. (zio**)

— 약 기운이면 어때요! 결국 해낸 건 소리 님 자신인걸요. (hee**)

— 지나가는 사람인데요. 잘하셨다고 감히 남기고 갑니다. (nan**)

— 이제 조금 더 지나면 약 기운 없이도 다닐 수 있겠어요. 좋은 거 많이 보고 즐거운 생각하고 살면 많이 좋아지더라고요. 저도 몇 정거장이고 울면서 걸어갔던 적이 있는데 지금은 가끔 인간 멀미해도 지하철 애용한답니다. 분명 잘할 거예요. 이미 잘하셔서 크게 걱정 없네요. (rao***)

— 축하합니다. 아무것도 신경 쓰지 말고 그냥 본인 걸음걸이로 본인이 걸을 수 있는 만큼만 계속 걸으면 됩니다. 다른 누구도 신경 쓸 거 없어요. (nom**)

— 축하해요. 점점 좋은 날이 될 거예요. (happy**)

— 아무리 약을 먹는대도 의지가 없으면 하지 못할 일이지요. 앞으로도 기뻐서 울 날이 더 많으시길 바랍니다. 소는 느리게 걷지만 천 리를 가지요. 스스로의 길을 우직하게 걷는 선생님을 응원합니다. (bon**)

— 오늘은 어땠어요? 오늘도 멋있고 당당하게 지하철도 타고

바깥도 돌아다니고 비도 구경했어요? 혹 못 했더라도 뭐 어때요. 우리한테 남은 건 시간이니까 언제든지 또 할 수 있어요. 오늘도 수고 많았어요. 내일도 같이 이겨 내요. (san**)

— 약발이면 어떤가요. 열 나면 해열제 먹고 허리 아프면 파스 붙이는 거랑 같은데. 눈 나쁘면 안경 쓰고 비 오면 우산 쓰는 것처럼 좀 편해지는 것뿐인데. 우린 더 편해질 거예요. (ame**)

— 이미 대단한 일을 해내셨으니, 앞으로는 차츰 더 좋아지실 거예요. (bac**)

— 많이 무섭고 답답하고 힘드셨을 텐데 용기 내서 행동하신 거 너무 존경스럽고 멋져요. 극복이 어려우시겠지만 그 마음가짐 이어 가서서 극복하시길 응원하겠습니다. (AN**)

— 그 마음 너무 장하고 이해돼요. 힘들더라도 이겨 내실 거예요. (beh**)

— 아주 칭찬해요. (ful**)

— 결과적으로 자기가 대견하다고 느껴야 내일 또 밖에 나설 힘이 생기지. 모두 힘내요. (gay**)

— 엄청 힘든 도전 하셨고 그 도전에 성공하신 대단한 분이다. 뭘 해도 되실 분이다. 너무 축하드려요! (Se**)

우리끼리도 잘 살아

― 다들 별거 아니라고 생각할 수 있지만 무겁고 괴로운 생각

들을 견뎌 내고 이룬 발걸음들이 멋있다. (namu**)

퀴어 퍼레이드에 가고 싶다

코로나19 때문에 못 하게 돼 가장 아쉬운 게 뭐냐고 누군가 묻는다면 고민도 없이 퀴어 퍼레이드(이하 '퀴퍼')라고 대답할 것이다. 코로나19가 발병하기 전에는 퀴어 퍼레이드가 무사히(여기서 '무사히'란 '안전했다'라는 의미는 아니다. 그저 많은 사람이 모이는 게 가능했다는 뜻이다) 진행되었다. 매년 여름에서 가을 사이, 서울시청 광장에서 퀴퍼가 열릴 즈음이면 괜히 설레는 마음에 어떤 옷을 입을까? 이번엔 어떤 부스가 열릴까? 생각하며 퀴퍼 날만 손꼽아 기다리곤 했다.

나 같은 사람들에게 퀴퍼는 무척이나 소중한 축제다. "내가 성소수자다!" 당당하게 외칠 수 있는 날이고, 나와 같은 사람들이 똘똘 뭉쳐 "그래요, 우리가 여기 있어요. 이렇게나 많이요!"라며 연대하고 행진할 수 있는 유일무이한 장이다. 몇 대의 트럭 뒤로 깃발을 들고 따르는 사람들 무리에 섞여 걷고 있다 보면, 가슴속 깊은 곳에서부터 뜨거운 응어리가 솟구쳐 나오는 것을 느낄 수 있었다.

어떨 때는 (사실 거의 매번) 눈물을 흘리거나 오열했다. 그중

우리끼리도 잘 살아

에서도 가장 벅찼던 순간은 성소수자 부모 모임 회원분들이 프리 허그를 해 줄 때였다. 다들 알겠지만, 부모님께 커밍아웃을 할 수 있는 성소수자는 아주 적다. 사회에서도 별종 취급당하며 매장되고 비난받는 마당에, 부모님이란 어쩌면 사회보다 더욱 높은 벽일 수 있다. 나 또한 마찬가지였다. 부모에게 커밍아웃했지만 돌아온 반응은 좋지 않았고, 이해받거나 공감받기보다는 얼떨결에 다른 말로 넘어갈 때가 대부분이었다. 사실 부모는 언젠가 내가 다시 남자를 만나기를 바라고 있다는 걸, 잘 알고 있다.

　그래서 성소수자 부모 모임의 프리 허그는 더욱 특별했다. 아무 말 없이 포옹하고 끝나는 것이었는데도, 찰나의 안음이 내게는 꼭 인정 같고 이해 같고 존중 같았다. 힘들지? 엄마는 다 알아. 엄마는 널 응원해. 엄마는 그런 널 아주 사랑한단다. 이렇게 말해 주는 것 같아서 아주 잠깐 세상을 다 가진 기분이 들었다.

성소수자 부모 모임

"엄마, 나랑 성소수자 부모 모임 갈 생각 없어?"

"뭐? 그게 뭔데?"

"성소수자 자식을 둔 부모들의 모임이야!"

"미친년, 됐어!"

"나 같은 자식 둔 사람들이 많이 와. 친해지면 좋잖아, 엄마
도! 나에 대해 더 알고 싶지 않아? 나는 엄마가 꼭 한 번 나랑
가 주면 좋겠는데……."

"됐어! 쓸데없는 소리 하지 마!"

내가 성소수자 부모 모임에 같이 가 보면 어떠냐 물으면,
수자는 (독하게도) 매번 단호하게 딱 잘라 거절했다. 엄밀히는
거절보다는 화에 가까운 말들이었지만, 나는 자꾸 욕을 먹으면
서도 종종 같은 질문을 해 대곤 했다. 포기하고 싶지 않았다.
수자가 나를 조금 더 이해할 기회가 아직 남아 있다고, 나 또한
수자에게 더 많은 나를 보여 주고 알려 주고 싶다고 생각했다.
또, 수자에게는 친구가 별로 없었으므로 공통점이 있고 공감할

수 있는 부분이 있는 사람들을 만나 이야기를 나누고 친해지면 좋겠다고 생각했다.

결과적으로 수자는 어제도 거절하고 오늘도 거절했다. 아마 내일도 거절하고 내일모레도 거절할 것이다. 하지만 나는 같은 꿈을 자주 꾼다. 수자가 나와 퀴어 퍼레이드에 가서 손을 잡고 행진하는 꿈을. "우리는 여기에 있다!" 외치는 꿈을. "엄마는 이런 너를 사랑해" 웃으며 수자가 나를 안아 주는 꿈을.

우리끼리도 잘 살아

생일에는 무슨 말을 해야 하나요?

우린 아무래도 시대를 잘못 골라 태어난 것 같다. 수자와 나는 엄마와 딸 사이가 아니라 동년배 친구로 만났어야 했다. 그랬다면 나는 수자의 많은 선택에 결정적인 조언과 도움을 주었을 것이다. 수자가 원하지 않는다 해도 내가 꼭 수자의 구원자인 것처럼 그 역할을 자처했을 수도 있다.

내가 수자의 친구였다면, 입이 마르고 귀가 닳도록 피임의 중요성을 가르쳐 줄 수 있었을 것이고, 절대 내 아빠와는 만나지 말라고 말렸을 것이고, 나를 임신하게 됐을 때 엄마가 되는 선택만은 하지 말라고, 수자 네 인생을 더 살아 보라고 필사적으로 막았을 수도 있다.

어쩔 수 없이 결혼을 선택했다고 해도 수자를 만날 때마다 "결혼과 육아 때문에 지금 당장은 힘들겠지만, 나중에는 벗어나서 네 할 일을 찾아. 하고 싶은 일을 다시 하란 말이야" 잔소리를 했을 수도 있으며, 부부 사이가 틀어질 때부터는 "애들 문제로 미뤄도 달라지는 건 없으니까 차라리 지금이라도 빨리 갈라서고 각자 인생을 살아" 하고 단호하게 일러 둘 수도 있었다.

하지만 수자에게도 그런 친구가 있었을 것이다. 나보다 더 하면 더했지, 덜 하는 친구는 없었을 것이다. 또, 수자의 모든 선택은 신중히 고민하고 또 고민하다 한 선택이었을 것이다. 한마디로 내가 수자의 친구가 된다고 한들, 달라지는 것은 크게 없었을 거였다. 나도 잘 알고 있다.

나는 아직도 내 생일날에 수자에게는 무슨 말을 전해야 좋을지 잘 알지 못한다. 나를 낳아 주고 키워 주어 고맙다고 하려다가도, 내가 태어난 것이 수자 인생에서는 가장 큰 실수나 잘못된 선택이었을 것이라는 생각에 몰두해 내 생일이 싫어지기도 한다. 언제쯤 이런 고민에서 벗어날 수 있을까. 내가 엄마가 되어야만, 나 같은 딸을 낳아 봐야만 알 수 있을까?

내 생일은 12월이다. 나는 11월부터 내 생일을 걱정하고 두려워한다. 뭐라고 하지? 고민하고 또 고민하다가 수자에게 연락해 결국 하는 말은,

"사랑해."

이거 하나다.

우리끼리도 잘 살아

생일을 앞두고 매년 같은 고민에 빠진다

당신은 (   ) 받기 위해 태어난 사람

당신의 삶 속에서 그 (   ) 받고 있지요

(   ) 안에 들어갈 말을 고르시오. ▪

암울 / 활기 / 신남 / 엄숙 / 근엄 / 겁 / 평화 / 만족 / 분개 / 증오 / 지루 / 무관심 / 미안함 / 후회 / 부러움 / 재미 / 걱정 / 기쁨 / 우울 / 침착 / 무서움 / 화 / 짜증 / 유감 / 아쉬움 / 불안 / 불편 / 괴로움 / 실망 / 감동 / 좌절 / 당황스러움 / 놀람 / 어리둥절 / 동요 / 잔인함 / 친근함 / 사랑 / 뿌듯함 / 홀가분함 / 긴장 / 안심 / 고요 / 여유 / 용기 / 자신감 / 기력 / 생기 / 까마득함 / 두근거림 / 뒤숭숭함 / 부끄러움 / 울적함 / 서글픔 / 섭섭함 / 공허함 / 막막함 / 지긋지긋함 / 무감각함 / 무안함 / 약오름 / 심술 / 후련함 / 푸근함 / 정겨움 / 버거움 / 착잡함 / 심란함 / 거만함 / 반가움 / 멸시 / 비열함 / 비난 / 천박함 / 불쾌함 / 희망 / 기대 / 정 / 자랑

소리와 담배

나는 애연가고 골초다. 중학교 2학년 때부터 담배를 피웠다. 끊고자 노력해도 한번 들어 버린 습관은 도무지 끊어지지 않았다. 질겼다. 그렇게 흡연을 한 지 십수 년이 훌쩍 넘었다. "제발 담배 좀 끊어." 누군가 말을 하면 속이 쓰라렸다. 누군가에게 담배는 힘들 때만 피운다거나, 술 마실 때 가끔 피울 수 있을 정도로 조절한다거나, 조금만 참으면 지나가는 폭풍 같은 것일지 모르겠지만 내게는 정신과 약과도 비슷했다. 정신건강이 좋아지기 위해서 먹는 게 아니라, 여기서 더 나빠지지 않으려고 먹는 정신과 약처럼 담배 또한 그러했다.

담배를 피울 때 자주 이런 생각을 한다. 연기는 참 연기 같구나. 연기가 연기를 연기하는 것 같다는 생각부터, 이 뿌연 것이 입김과 무엇이 다른지를 생각하는 것. 그러다 보면 그날이 떠오른다.

눈이 아주 많이 내리던 날이었다. 한 치 앞도 못 볼 정도로 눈발은 크고 거셌으며, 그 사이에서 뛰노는 사람들의 입김 때문에 시야는 더욱 흐려져 있었다. 그 사이에서 나는 담배를 한

우리끼리도 잘 살아

대 피웠다. 입김인지 연기인지 구분이 되지 않는 곳에서, 정확히 그것을 구분해 내는 사람은 없었다. 나조차도. 필터 바로 위까지 타들어 간 담배를 바라보면서 생각했다. 죽기 전엔 이런 기분이겠구나. 모든 게 꿈같고 구분 없구나. 아쉽구나.

연초를 끊었다

그날로부터 몇 달이 지났을까. 연초를 끊었다. 담배를 피우지 않는 여자친구를 위해, 우리 집 고양이를 위해, 마지막으로 나를 위해 연초 피우는 것을 그만두었다.

아예 금연한 것은 아니다. 담뱃잎을 직접 태우는 방식의 연초에서 쪄서 피우는 궐련형 담배로 갈아탔고, 이전보다 나아진 것은 담배 냄새가 별로 나지 않는다는 점 하나다. 내가 궐련형 담배를 피우겠다 하자, 주변 사람들은 쉽지 않을 거라고, 연초를 또 찾게 될 거라고 대꾸들 했다. 나 또한 그 말에 수긍했었다. 전자담배로 바꿨을 때도 오래 못 가고 연초를 피웠으므로, 이번에도 다르지 않으리라 짐작했지만,

달랐다. 궐련형 담배로 바꾸고 난 뒤 연초 냄새를 맡으면 저절로 눈살이 찌푸려졌고, 담배가 없거나 배터리가 없어서 피울 수 없을 때, 주변인들에게 연초를 빌려 피우면 가히 충격적이었다. 난생처음 느껴 보는 듯한 불쾌감, 입 속에 맴도는 탄 맛과 구역질 나는 냄새. 내가 이런 걸 10년 넘게 피웠다고? 내가 얼마나 지독한 사람이었는지 가늠할 수 있었다. 그리고 미

우리끼리도 잘 살아

안해졌다. 그간 만났던 모든 사람에게. 간접적으로 그들을 불쾌하게 했을 날숨과 그것이 공기로 퍼져 나가는 일에 대해.

이제 연초는 절대로 피우지 않는다. 지금 피우고 있는 궐련형 담배 또한 끊을 것이다. 여자친구와 조만간 보건소에 금연 클리닉을 받으러 가겠다고 약속했고, 당장은 좀 힘들더라도 정말 실천해 담배를 제대로 끊어 볼 생각이다. 나중에는 궐련형 담배도 역겹게 느껴질 때가 오겠지? 그날을 상상하면서.

맞담배

내 꿈 중 하나는 아빠라는 사람과 맞담배를 피우는 것이었다. 어릴 때부터 엄하고 무서웠던 아빠의 권위를 언젠가 꼭 무너뜨리고 말겠다고 생각했고, 나로서는 어째선지 맞담배가 아빠의 권위를 비로소 무너뜨릴 수 있는 가장 충격적인 행동이었다. 이를 달성하고 나면 담배를 정말로 끊을 수 있다고 믿어 의심치 않았다.

그 꿈은 얼마 전 이루었다. 엄청나게 들뜨고 신날 줄 알았는데, 기분이 썩 좋진 않았다. 맞담배를 피웠다고 해서 달라지는 건 하나도 없었다. 우린 이제 함께 살지 않고, 아빠는 이제 수자의 배우자가 아니고, 권위는 가족을 이루는 데 있어 아무 쓸모도 없다. 그래도 아빠는 계속해서 아빠였다. 아이러니하게도 나는 수자를 수자라고 부르는 것처럼, 아빠의 이름을 소리 내 부를 수 없었다.

맞담배를 핀 다음 날 심하게 구역질했다. 과하게 마신 맥주 때문이겠지만, 그게 술 때문이라고만 생각하지는 않았다. 그간 삼켜 온 모든 말과 날 들을 이제야 속 시원히 토해 냈다고 생각

우리끼리도 잘 살아

했다. 그리고 이날을 기점으로 슬슬 담배와 멀어져야겠다고, 이것이 첫 신호이자 출발점이라고 인식하기 시작했다.

너는 그걸 할 줄 알아

친구 유정과 술을 마시는 중이었다. 유정과 나는 고등학교 때부터 친한 사이로, 우리는 솔직한 대화를 자주 나눈다. 이를테면 서로의 단점이나 실수 같은 것을 망설이지 않고 지적해 주고 충고한다. 기분은 나쁘지만 나를 더 성장시키는 말들이므로 결국 감내하곤 했다. 기분이 상해 유정과 싸우기도 했지만 얼마 가지 않아 우리는 자연스럽게 화해했다. 어쩌면 너무 많이 싸워서, 어른이 된 지금까지 우리가 친구일 수 있는 거라고 종종 말한다.

오랜만에 만난 유정은 대뜸 내년부터 제주도에 가서 몇 개월 살다 오겠다고 말했다. "그래? 갑자기 왜?" 내가 묻자, 유정은 도시를 떠나 모르는 사람만 있는 곳에서, 평화로워서 지겨움까지 느낄 정도로 적막한 곳에서 강아지와 둘이 살며 쉬고 싶다고 했다. 나는 고개를 끄덕였다.

"그거 좋지. 한번 해 봐. 그것도 할 수 있을 때가 정해져 있는 거니까."

유정이 나를 따라 고개를 끄덕였다.

우리끼리도 잘 살아

"그래. 나도 그런 생각이 들더라고. 지금 아니면 또 언제 그래 보겠어. 더 나이 먹으면 직장에 정착하게 되니까."

건배하며 시원한 맥주를 여러 번 들이켜고 있는데, 유정은 뜬금없이 이런 말을 꺼냈다.

"솔직히 너 성격 진짜 이상하거든?"

나는 어이없어서 반문했다.

"뭐? 내가 성격이 얼마나 좋은데? 요즘은 사람들 얘기도 잘 들어 줘."

유정은 단호하게 받아쳤다.

"놉, 너 아직 다른 사람들 말 들어 주는 것보다 네 얘기 더 많이 함."

괜히 찔린 나는 투덜거리며 술을 입에 가져갔다. 유정이 조곤조곤 이야기했다.

"그런데 너는 내가 뭘 한다고 하면 다 응원해. 말리지도 않고 용기를 줘. 막 다 해 보라고. 다른 사람들은 안 그러거든, 현실적으로 생각해 보는 건 어떻겠냐면서 나를 좀 말려. 그런 점에서 넌 진짜 좋은 친구인 것 같아. 하고 싶은 게 있다고 하면 다른 말 없이 그저 응원해 주는 거."

온몸에 오소소 소름이 돋았다. 생각지도 못한 때에 칭찬을 들으니 머쓱해서 그런 듯했다. 그리고 나는 잠시 과거를 떠올렸다. 술자리에서, 혹은 카페에 앉아서 커피를 마시면서 내가 친구들에게 했던 말들. 나 회사 다니는 거 너무 힘들어. 그만두고 싶어. 나 지방으로 내려가서 아주 살다 오고 싶어. 나 요즘 너무 힘들어서 다 끝내고 쉬고 싶은데……. 그럴 때마다 사람들은 나를 만류했다. 물론 나를 걱정해서, 나를 사랑해서 한 말이라는 것을 알았다. 나는 현실이라는 말에 부딪혀 마음대로 해 버린 적이 없었다.

그래서 결심했다. 나중에 내가 반대의 입장이 된다면, 그러니까 누군가가 내게 그만두고 싶다며 고민을 털어놓는다면 무조건 응원해 주기. 하고 싶은 대로 다 하라며 격려해 주기. 내게 없어 힘들었으니 나는 꼭 남에게 그 역할을 자처해야겠다고 다짐했었다. 그리고 지금,

"너는 그걸 할 줄 알아."

유정이 거듭 강조하며 목소리를 높인다.

"내 장점 찾아 줘서 고마워."

술을 들어 건배하자고, 내가 덧붙인다.

상주는 여자 안 세운다며

"윤희야, 만일 부모가 세상을 떠나면 우리가 상주 서야겠지?"

"그치. 하지만 상주는 여자 안 세운다며."

"맞아. 그래서 다른 집들도 진짜 상관없는 어린 애 데려와서 상주 세우고 그런대. 남자라서."

"진짜 싫다."

"우리는 꼭 우리가 상주 서자. 여자라서 상주 못 선다고 해도, 끝까지 무조건 밀고 나가는 거야. 우리가 서겠다고. 알겠지?"

"좋아. 그렇게 하자."

"그럼 이건 어떨까? 확실하게 미리 말해 두는 거야, 부모한테. 그리고 서약서를 쓰는 거지. 상주 서약서."

"에이, 언니 그런 게 무슨 소용이야?"

"아니지, 소용 있지. 만약 나중에 돌아가시고 나서 상주를 누구로 세우니 마니 주변에서 끼려고 하면 보여 줄 수 있잖아."

"근데 좀 불효 같다. 부모한테 상주 서약서를 미리 써 달라고 하다니."

"그래도 어쩔 수 없지. 확실한 게 좋아."

"그럼 언니가 말해."

"알겠어. 근데 내 생각에는 내가 가장 빨리 죽을 것 같아."

"언니가?"

"응. 난 술도 많이 마시고 담배도 피우는데 암은 유전도 되잖아."

"그러네."

"내가 죽어도 네가 상주 해 줘."

"그래."

"거짓말 아니고, 진짜로."

"알겠어."

"나도 너 죽으면 무조건 내가 자리 지킬게."

"그래."

"그럼 우리도 서약서 쓰자."

"언니, 좀 가만히 있어 봐. 굳이 지금 쓴다고?"

"사람 일 모르는 거다. 미루지 말고 당장 해치워 버리자. 빨리 종이 가져와 봐."

"종이?"

"아, 아니다. 전자 서약서 써. 요즘 시대에 맞게 트렌드하게 서명하자."

우리끼리도 잘 살아

서약서

추수자의 장례를 치르게 될 시에
상주는 무조건 딸 한소리, 한윤희가 서도록 합니다.
이 외의 다른 친지는 상주로 세우지 않을 것을 서약합니다.

2021년 12월 2일 목요일

성명 한소리   (인) 한소리

성명 한윤희   (인) 한윤희

성명 추수자   (인) 추수자

윤희의 독립

윤희가 자취를 해야겠다고 마음먹었다. 출근길에 택시를 타느라 한 달 교통비가 30만 원 정도가 나갔다고 한다. 사람들은 윤희에게 조금 더 일찍 집에서 나와 지하철을 타면 된다고 말들했지만, 윤희는 "어떻게 사람이 하루아침에 변해요. 환승만 세 번을 하는데" 이야기하며 서러움을 토로했다. 또, 윤희가 매일 노는 곳과 일하는 곳이 마포구였으므로, 활동 반경 내에 집을 얻고 싶다는 계산도 있었다. 자취를 하면 한 시간이나 집에 더 일찍 들어올 수 있고 한 시간이나 더 잘 수 있다는 사실이 달콤하게 느껴졌다.

다른 이유로는, 퇴근하고 윤희가 집에 돌아와 밥을 먹으면 수자가 잔소리를 엄청나게 쏟아 낸다는 사실을 들 수 있었다. "밥 좀 먹고 와! 너 때문에 엄마도 살찌잖아! 너 때문에 내가 살이 너무 많이 쪘어!" 수자가 소리치면, 윤희도 "내가 이 시간에 들어와서 밥 좀 먹겠다는데 왜 그래! 좀 내버려 둬!" 대꾸했지만, 이런 말을 하는 일에도 서서히 지쳐 갔다. 결국 윤희는 수자에게 들키지 않기 위해 편의점에서 삼각김밥을 사 와 숨어 먹거나, 배달음식을 몰래 받아 자기 방에 들어가 먹고는 했다. 눈치가 안 보일 수 없는 상황이었다.

자취하려면 대출이 필요했다. 윤희에게는 200만 원뿐이었는데, 보증금을 내려면 천만 원이 더 필요했다. 윤희는 제1금융권에서 천만 원을 빌렸다. 청년 전월세보증금 대출은 보증금이 낮은 집에는 적용되지 않는 경우가 많았으므로, 어쩔 수 없는 선택이었다. 이미 집을 다 알아보고, 임시계약금을 넣고 난 뒤에야 윤희는 이 사실을 가족들에게 털어놓았다. 사실상 선포였다.

"나 집 가계약했어. 나가 살려고."

윤희가 말했다.

"그래 잘했다. 괜찮은 데 구했으면 다행이지."

이건 내 대답이었다.

"너는 어떻게 계약하고 난 뒤에 나한테 이야기하니?"

이건 수자의 대답이다. 수자는 서운해했다. 하지만 수자 또한 결국은 윤희의 첫 자취 생활을 응원하며 이것저것 돕기 시작했다. 비누, 욕실 슬리퍼, 치약, 주방세제 등을 미리 골라 사두었고 "윤희야, 나 이거 고르는데 너무 행복했잖아. 윤희한테 뭐 주지 싶어서. 내일은 접시 한번 보려고" 하며 즐거워했다. "처음에는 엄마가 도와주는데, 나중에 이거 다 떨어지면 네가 사야 해" 당부도 하면서.

수자는 윤희가 이사를 마치고 나서도 자주 윤희 집으로 가서 청소도 해 주고 이것저것 사서 챙겨 주었다. 그리고 말했다.

"윤희야, 네가 나가서 사는 거는 네 선택이니 엄마도 이제 더 이상 말 안 할게. 그렇지만 아무래도 혼자서 살면 많이 힘들 수도 있어. 그러니 다 버리고 포기하고 싶을 때는 다시 돌아올 집이 있다는 걸 알아 둬. 언제든 돌아와도 돼."

자취 첫날 밤. 윤희는 소파침대에 누워 천장을 한참 바라보았다. 막상 자취를 시작하니 앞으로 어떻게 해야 할지 막막했으며 현실적인 부분들이 걱정되기 시작했다. 이를테면 월세, 겨울 난방비, 예상했던 고정지출을 넘어설 것 같은 부분들, 그리고 앞으로는 혼자서 책임져야 할 고양이 라이. 윤희는 눈물이 났다. 언제든 힘들면 다시 돌아오라는 수자의 말이 자꾸만 떠올랐다. 윤희는 자연스럽게 라이를 찾았다. 혹여나 라이가 자신처럼 불안정할까 봐 걱정됐다. 다행히 윤희를 따라 이사 온 라이는 새집에 금방 익숙해져 잘 자고 있었다. 윤희는 자신

우리끼리도 잘 살아

이 라이의 곁에, 라이가 자신의 곁에 있어서 다행이었다.

새집에서 윤희가 외로워 침대에 얼굴을 묻고 울 때, 라이는 윤희 곁에 와서 "야옹" 소리를 냈다. 그리고 윤희의 곁에서 자리를 지켰다. 고롱거리며 자는 라이를 보며 윤희는 다짐했다.

나 진짜 잘 살아야겠다.

망원한강공원

윤희가 자취를 시작한 집 근처에 한강공원이 있다. 밥을 먹고 커피까지 마신 뒤 소화가 필요했던 나는 수자와 근처 한강공원으로 향했다. 날씨가 쌀쌀했지만 사람은 많았다. 사람들은 옹기종기 모여 앉아 마스크를 쓴 채로 건너편 한강 변을 바라보거나 반짝이는 대교, 밤하늘 등을 주시하고 있었다.

수자와 나도 그들 사이에 껴서 점퍼를 바닥에 깐 다음, 시멘트 바닥에 누워 하늘을 봤다.

"서울에도 아직 별이 많네." 내가 말하자 수자는 대답했다.

"그러게. 산 다닐 때는 별 자주 보고 그랬는데."

잠시 정적이 흘렀다. 수자는 그때가 그리운 걸까? 수자가 종주를 하며 보았을 별들은 어떻게 생겼을까? 왜 나는 한 번도 수자와 동행한 적이 없었을까? 수자가 먼저 정적을 깼다.

"저기 보여? 강 한가운데. 저기에 스타벅스 건물이 생긴대."

수자가 가리킨 곳으로 고개를 돌려 보니 정말 강의 한가운데에 커다란 건물이 지어지고 있었다. 간판은 달려 있었지만 완공되지 않아 불빛은 들어오지 않았다. "정말? 스타벅스는 진

우리끼리도 잘 살아

짜 어디에나 있구나." 내가 말하자, "예쁘긴 정말 예쁠 것 같아. 그렇지 않니?" 수자가 물었다. 나는 완공 이후 반짝이며 빛날 스타벅스 건물과 건물이 비쳐 일렁이는 한강 변을 상상해 보았다. 테라스에 앉아 대교를 바라보며 감탄하거나, 실내 통유리 앞에 앉아 일렁이는 강물과 불 꺼지지 않은 건물들의 빛을 바라보며 감상에 젖을 우리도 상상해 보았다. 상상 속에서 우리는 함께였다.

시간이 얼마나 흘렀을까. 몸을 일으켜 앉으며 나는 수자에게 이만 돌아가자고 이야기했다. 수자도 동의했다.

"스타벅스 생기면 꼭 같이 오기야."

그렇게 약속하며 돌아가고 있는데 주차장 쪽에 사람들이 모여 있는 광경이 보였다. 호기심이 생긴 우리는 가까이 다가가 보았고, 그곳에는 말을 할 줄 아는 앵무 둘과 주인, 구경꾼들이 있었다. 앵무의 주인이 나와 수자를 보며 외쳤다.

"사랑해~! 해 보세요. 여자 말은 잘 들어요. 사랑해~ 얼른요."

얼떨결에 나는 크게 "사, 사랑해!" 외쳤다.

"사랑해요~!" 수자도 옆에서 함께 외쳤다. 하지만 앵무는 우리의 말을 따라 하지 않았고, 그곳에서 우리는 별안간 서로에게 사랑 고백을 한 모녀가 됐다.

"사진 찍어 드릴까요?"

곁에서 구경하던 한 모녀가 우리에게 말을 걸어왔다.

"그럼 감사하죠."

우린 대답한 뒤 앵무와 함께 사진을 찍었다.

"아저씨, 언제 또 오시나요?" 수자가 앵무의 주인에게 묻자, 주인은 이맘때쯤 자주 온다고 이야기했다. 말 한마디 안 하던 앵무가 "안녕! 잘 가!" 야무지게 소리쳤다. "이제야 말하네." 수자가 웃었다. "정말 말 잘한다, 그치? 다음에 또 와서 봤으면 좋겠다." 나는 고개를 끄덕였다.

"그래, 또 오자. 약속. 그래 약속."

새끼손가락을 걸지 않았는데도 꼭 지켜야 하는 약속이 방금 하나 생겨 버렸다.

우리끼리도 잘 살아

신춘문예 도전기

기대는 사람을 초라하게 만든다. 마음속으로 간절히 품고 있다 보면, 자기혐오와 나르시시즘 사이에서 태어난 사람이 된다. 이번 기대는 신춘문예였다. 신춘문예는 연말이면 어김없이 돌아오는 연례행사고, 나는 2022년 공모가 시작되고 나서야 그 행사에 참여하게 됐다. 그간 써 온 작품들을 몇 편씩 모아 프린트하고, 그것을 묶어 서류 봉투에 넣고 꼼꼼히 밀봉한 다음 신문사로 보내는 느낌은 정말이지,

모른다. 주변에 프린트할 곳이 없는 나 대신, 여자친구가 프린트부터 우체국 등기 발송까지 대신해 주었기 때문이다. 그런데도 휴대폰 너머로 들려오는 여자친구의 뿌듯한 목소리를 들으니 괜히 설렜다. 포켓몬 페스타(포켓몬고 앱으로 즐길 수 있는 전 세계적인 포켓몬 행사. 지난번에는 코엑스에서 개최됐다)가 열렸을 때 느꼈던 감정과 비슷했다. 어쩐지 "이번 리그에는 나도 참가하게 됐군!" 같은 말을 해야 할 것 같았다.

나는 총 세 군데에 투고했다. 여자친구는 내가 투고하지 않은 모 신문사에 꼭 내라며, 그곳이 나와 잘 맞는다고 끝까지 나

를 설득했지만 나는 거절했다. 내 소중한 작품을 투고할 언론사에 관해 공부하는 것은 당연한 일이라고 생각하고 알아본 적이 있었는데, 내가 생각하는 좋은 언론과는 거리가 아주 멀었던 거다. 그래서 나는 모 신문사에 그 어떠한 글도 싣지 않겠다는 다짐을 했다.

아마 다다음 주부터 신춘문예 당선 연락이 돌 것이다. 나는 시종일관 휴대전화만 바라보며 기대할 것이고, 설렐 것이며, 울리지 않는 전화에 슬프고 우울해질지도 모른다. 그래도 괜찮다. 시도는 쌓여 경험이 되고, 경험은 더 높이 쌓여 미래의 나를 든든하게 받쳐 줄 테니까. 이번 기회를 놓친다면 다음 기회를 노려 보자. 이런 목표로 나는 벌써 오지 않은 2022년의 겨울을 생각한다. 그때는 지금보다 더 추울까? 크리스마스엔 눈이 올까?

자라나는 미래

나는 미래 계획을 세우지 않는다. 당장 지금을 잘 살고 즐기는 게 장땡이라 생각하고, 그렇기에 남들보다 더 충동적인 삶을 산다. 경제적으로나 정신적으로나 누군가와 함께 가정을 이룬다거나 큰 목표를 두고 그것을 달성하기 위해 노력할 생각은 굳이 하지 않았다. 필요 없다고 느꼈으니까.

이제 나는 자꾸 미래를 생각하고 계획을 세운다. 결혼하지 않겠다는 마음은 결혼하고 안정적인 가정에 정착하고 싶다는 마음으로 바뀌었으며, 그렇게 살기 위해서는 거주 공간이 필요하므로 내 집 마련 장기 플랜을 세우기 시작했다. 그뿐만 아니라 신춘문예나 공모전 등, 원래 나였으면 도전하지 않았을 것들에 하나씩 도전해 보며 난생처음 타인에게 글이 읽힌다는 쾌감을 느껴 볼 수도 있었다.

이 모든 일은 단 한 사람으로부터 비롯됐다고 나는 확신한다. 그 사람이 아니면 나는 아마 이전과 다르지 않은 삶을 살고 있었을 거다. 내일은 없고 오늘만 사는 사람처럼 미래의 나에게 오늘의 책임을 자꾸 떠넘기면서. 계획보다는 다짐이, 생각보다는 행동이 먼저 나가는 나와는 달리 계획적이고 논리적인 여자친구는 가끔 초점 나가거나 고삐 풀리는 나를 딱 좋게 잡아 주었다. 비록 잔소리가 수자보다 심해서 엄마가 한 명 더 생긴 기분이지만, 내가 하지 못하는 것을 지적하고 잡아 줄 수 있는 사람이 곁에 있다는 사실에 감사했다. 여자친구가 나를 바뀌게 하고 성장시키는 사람인 만큼, 나도 여자친구에게 더 좋은 사람이 되어야겠다고 생각하며 살고 있다. 덕분에 우리는 아무 문제 없이 잘 지내게 됐다. 누구보다도 사이좋게, 싸우지 않고, 서로를 격려하고 존중하면서.

우리는 장난처럼 "결혼하자, 나랑 결혼 안 할 거야?" 같은 말을 자주 했고, 또 여자친구가 대학을 졸업하면 함께 살자는 이야기도 계속했다. 물론 당장 실천할 수 없는 일이니 구체적이고 정확한 계획 수립은 불가능했지만, 시간이 지나면 지날수록 머릿속에는 우리가 함께 사는 미래가 형성되어 여러 방향으로 멀리 뻗어 나가고 있었다. 고층이고, 침실 하나와 작업실 하나가 있는 투룸 이상이면서, 고양이를 두 마리 키울 수 있는 창이 넓은 집. 현관을 열면 여자친구가 내가 좋아하는 특식인 버섯 샤브샤브를 끓이고 있고, 고양이는 울면서 다가와 내 다리

우리끼리도 잘 살아

에 머리를 비비고, "오늘 진짜 일 하기 힘들었어" 투정 부리며 밥상머리에 앉으면 "손부터 씻고 와!" 혼내는 여자친구와 툴툴 대며 화장실에 가는 내 모습이 점차 선명해지고 있다.

로또를 사면 적어도 로또 당첨 발표 전까지는 로또에 당첨되어 내가 원하는 것을 살 수 있는 삶을 꿈꿀 수 있다. 마찬가지다. 내가 지금 여자친구와 함께 있기에, 또 섬세하고 견고하게 서로를 믿고 사랑하고 있기에, 우리가 원하는 모습대로 살 수 있는 삶을 꿈꿀 수 있는 것이다.

설령 훗날 이별하게 되면 이 에세이에 쓰인 내용은 어떻게 하려고? 묻는 사람들의 질문에도 나는 태연하고, 겁을 내지 않는다. 우리의 미래에 우리가 여전히 함께든 함께가 아니든, 어떤 결말이든 이 순간에 대한 후회는 없을 거다.

이런 확신이 나를 계속 꿈꾸게 만든다.

면접

한 회사에 오래 다녀 본 적이 없다. 오래 있기 싫어서 그런 것은 아니다. 학업에 뛰어들고 싶은 마음이 생기거나, 웹진이나 사진, 디자인 일 등 다른 일과 병행하느라, 자연스럽게 프리랜서로 전환되고는 했다.

서른에 가까워지다 보니 벌써 자리를 잡은 친구들도 있다. 누구는 점장이고 누구는 팀장이고. 이런 이야기를 전해 들을 때마다 어렴풋이 불안해지는 것을 느낀다. 남들과는 다른 길을 걷고 있다는 사실에 조바심이 나는 것이다. 마음이 헛헛해진 나는 채용 공고를 뒤져 가며 내가 할 수 있을 만한 일자리들을 찾는다. 그리고 이력서를 넣는다. 대부분 얼마 되지 않아 연락이 온다. 많으면 한 시기에 여덟 군데에서 면접을 본 적도 있었다. 하지만 그중 내가 취직한 회사는 없다. 합격 전화를 받았고 근무 일시를 물었지만, 그때마다 내게 지금이 아니면 할 수 없는 일들이 생겼기 때문이다. 이를테면 도전하고 싶은 새 기획이 떠오른다거나, 쓰고 싶은 글이 생겼다거나, 어딘가에서

우리끼리도 잘 살아

솔깃하고 재미있는 프로젝트 제안을 받는 등, 결국 나는 회사를 뒤로하고 내 자리로 돌아오게 된다.

친구들은 이런 나를 신기해하고 궁금해한다. "소리야, 너는 왜 그렇게 일자리가 잘 구해져? 면접은 어떻게 봐?" 묻기도 한다. 그럴 때마다 이렇게 이야기한다.

"있잖아, 나는 긴장이 전혀 안 되거든. 면접을 볼 때 말이야. 왜 그런 줄 알아? 처음 한두 번 면접 볼 때는 긴장돼서 막 떨고 말도 제대로 못 하고 그랬단 말이야. 근데 계속 면접을 다니니까 이런 생각이 드는 거 있지. 나를 필요로 하는 회사라면, 나에게 필요한 회사인지도 알아봐야 하는 거 아닐까? 돈만 잘 주는 곳 말고, 내가 열정을 불태워 가며 일할 만한 곳인지 궁금해지는 거야."

그럼 친구들은 까르르 웃으며 말한다. "너 아주 건방지구나?" 나는 고개를 끄덕이며 맞장구친다.

"맞아, 나 되게 건방져. 그런데 건방진 사람이 되고 난 다음부터는 꼭 내가 면접관들을 면접 보는 면접관이 되는 기분이야. 이 사람, 상사로서는 어떨까? 대표로서는 어떨까? 이런 것들. 그러니까 면접에 붙든 붙지 않든 다 쌓이는 경험이고 사람

보는 눈썰미 늘리는 경험이라 생각하고 긴장 풀어. 즐기고. 면접은 일방적으로 보는 게 아니라 함께 보는 거야."

"그래, 즐겨 볼게" 하고 떠나간 친구들은 대부분 좋은 소식으로 돌아왔지만, 아직 좋은 소식으로 돌아오지 않았더래도 분명 다른 곳에서 좋은 소식을 들었으리라 믿는다. 그리고 얼마 전, 나는 유목민 생활을 그만두기 위해 한 회사에 이력서를 넣고 면접을 보러 갔다가 보기 좋게 떨어졌다. 사실 조금 슬펐다. 태어나서 두 번째로 떨어진 경험이었다. 하지만 분명 내가 떨어진 데는 이유가 있을 것이고, 그곳에서 일하지 않으므로 생기는 또 다른 기회가 있을 거라고, 나는 그 기회를 조금 더 기다려야 하는 사람이라고 믿는다.

이처럼 내 믿음은 건방지고 희망적이다. 정착하지 못한다면, 즐기면서 떠돌겠다.

우리끼리도 잘 살아

최초의 격려

출근하기로 했던 당일, 입사가 취소됐다. 윤희에게 전화해 일이 그렇게 됐다고 말했더니 윤희는 "안됐네" 하고 대답했다. "그래도 언니가 잘못한 것도 아니고. 아쉬울 건 없잖아"라는 무미건조하지만 조금 다정한 말도 덧붙였다. 나는 조만간 다른 회사를 찾아봐야겠다고 말하고 전화를 끊었다. 가만히 침대 위에 누워 '수자에게는 뭐라고 하지?' 생각하고 있을 때, 마침 수자에게서 전화가 걸려 왔다. 곁에 누워 있던 여자친구에게 "잠깐 전화 좀 받을게" 하며 화장실로 향했다.

"뭐 해?"

"나 그냥 있지. 아…… 그리고 엄마, 나 입사 취소됐어."

"들었어."

"누구한테?"

"윤희한테지."

"그렇구나."

나는 그다음에 올 수자의 말을 상상하고 귀를 틀어막을 준

비, 그러니까 수자의 말에 상처받지 않을 준비를 했다. 내가 무언가를 하려고 하다가 하지 않았을 때, 혹은 일을 하다 그만두었을 때마다 수자는 화를 냈었다. 너 그렇게 해서 사회생활은 어떻게 할래? 다른 사람들은 다 버티는데 왜 너만 그래. 타투도 많아서, 진짜. 앞으로 어떻게 살 거야? 그러니까, 수자는 아마 이번에도 그럴 것이었다.

그런데 예상도 못 했던 말이 들려왔다. 깜짝 놀랄 말이었다.

"괜찮아, 소리야. 너는 능력 있잖아. 분명 더 좋은 곳에 취직할 수 있을 거야. 그렇지? 엄마는 너를 알잖아. 너무 속상해하지 마. 그렇게 된 건 다 이유가 있을 거야. 네가 조금 더 잘되기 위한 이유가."

태어나서 처음으로 수자에게 들은 격려였다. 울컥 눈물이 쏟아져 나오려는 것을 겨우 참았다. 함께 있던 여자친구에게 우는 모습을 보이고 싶지 않았고, 그만큼 내가 많이 속상했다는 것을 인정하고 싶지 않았다. 나는 가만히 고개를 끄덕였다.

"응. 그럴 거야. 곧 좋은 소식 꼭 전할게."

우리끼리도 잘 살아

며칠 뒤, 입사가 취소된 회사보다 더 좋은 조건의 직장을 구했다. 무엇보다도 나에게 잘 맞는 일이었고, 면접관들에게서 상하관계의 딱딱함이 아닌 함께 성장해 나가는 동료의 느낌을 확실히 받아서 좋았다. 내 첫 출근 날짜는 설 연휴 이후가 됐고, 나는 곧장 수자에게 전화를 걸어 이 소식을 알렸다.

"역시 엄마 말이 맞았어. 더 괜찮은 곳으로 가게 됐어."

"그래? 잘됐네. 거봐, 그렇다니까."

수자와 전화를 끊고 "언니, 진짜 잘됐다!" 옆에서 재잘거리는 여자친구를 바라보면서 나는 생각했다. 나를 알아주는 사람이 있어서 다행이구나. 그런 사람이 곁에 있어서 나는 비로소 행복하구나.

그리고 다짐했다. 나도 타인을 알아주는 사람이 되기를. 그런 사람이 되어 곁에서 지지하고 격려해 주기를. 누군가 쉽게 지치고 힘들어 쓰러지지 않도록.

불확실

친구들과 만나면 이런 이야기를 하곤 한다. "야, 10년 뒤에 우리 뭐 하고 있을 것 같냐?" "음, 내 생각에 너는……." 대부분 예측할 수 있는 범위 내에서 서로에게 이야기를 해 주는 편이다. 지금 하는 일과 연관 지어서 너는 나중에 원장이 될 거야, 점장이 될 거야, 메인 작가가 될 거야 등등. 하지만 나에게 돌아오는 말은 매번 똑같다. 누가 말하든지 결론은 딱 하나.

"한소리는 진짜 예측 불가능해. 살아 있으면 다행일 정도?"

슬픈 말이지만 나 또한 그 말에 동감한다. 나 스스로도 당장 다음 달 뭘 하고 있을지 가늠이 안 가니까. 나는 직장이 자주 바뀌고, 여러 분야에서 외주를 받아 프리랜서로 작업을 하고, 돈이 생기면 아낌없이 펑펑 쓰고, 하고 싶은 게 있으면 바로 해야 하며, 가고 싶은 곳이 있으면 어떻게 해서는 가야 하는 사람이니까.

친구들은 이런 나를 부러워한다. "너처럼 하고 싶은 일 하면서 자유롭게 살아 보고 싶어. 네가 부러워." 그런 말도 많이 들었다. 소리는 겁이 없고, 망설임이 없어 자기를 위한 삶을 살

우리끼리도 잘 살아

줄 안다고. 하지만 그것은 반쯤 거짓말이다. 나는 겁이 아주 많고, 모든 것을 두려워하는 사람이다.

나는 하루하루를 전전긍긍하며 산다. 상상도 못 한 재난이 일어날까 봐, 아니면 당장 내일 죽을까 봐, 조만간 사고를 당할까 봐 두려워 오늘 하루는 최선을 다해 살아 보고자 하는 게, 사람들에게는 겁 없이 용감한 한량이나 혁명가처럼 보이는 것이다. 그러나 나는 유목민에 불과하다. 오늘만 생각하며 살기 때문에 미래는 불확실하며, 그래서 찾아올 기회를 놓치거나 알아채지 못한 채 떠나보낼 때가 많다. 그럼 다음 기회를 찾아 나서느라 기존에 있던 거처를 옮기게 된다. 미래가 지나갈지도 모르는 길목으로.

내 휴대전화에는 '정통 사주'라는 앱이 있다. 이 앱으로는 지정일이나 내일, 한 달 단위의 운세는 보지 못한다. 오로지 '오늘'의 운세만 알 수 있다. 잠에서 깨면 그 앱에 들어가 오늘의 운세를 본다. 주의할 점과 행운의 방향, 행운의 아이템과 조언 등이 쓰인 글을 읽으면서 오늘이 어떤 하루가 될지 예측하고 상상해 본다.

딱 거기까지다. 내일은, 다음 주는, 올해에는 어떤 일이 일

어날까? 어떻게 흘러가게 될까? 나는 어느 방향으로 헤엄치고 있을까? 모른다. 정말 모르겠다. 그렇지만,

불확실은 내게 오늘을 가장 멋지게 살아 낼 수 있다는 확실한 확신을 준다. 나는 세상에서 가장 불확실한 사람이 되려고 한다.

우리끼리도 잘 살아

아는 사람

자란다 우리들은

헤엄칠 수 있는 팔다리를

갖게 될 때까지 자란다

산속에서 굉음이 들려와도

푸르다 하늘은

일관적으로 푸르렀다면

이런 말은 하지도 않았을 테지만

말이 되는 정도로

가끔 웃는 정도로

두려웠다

떨어진 열매들이 한꺼번에 터져 대서

불길이 분수처럼 치솟아 올라서

산 정상에서 일어나는 모든 일들이

우리의 일처럼 느껴져서

그런데 이상하지

물고기의 지느러미가

방금 내 뺨을 때리고 갔다

군대에 다녀오지 못했어도

생존 수영법을 배우지 못했어도

여기는 물속

가공한 창이 날아오면

날카롭게 깨지는 허공

　　　　　　　그것들은 수면 위에만 있고

싸움과는 상관 없이
출렁이고 일렁이며

　　　　　　　풍경은 멋대로 흐른다

건드리지 말 것을 건드린다는 말
그러다 큰코다친다는 말

　　　　　　　　그런 말,
　　　　　　듣지 않으려고

자라고 또 잘한다

강물을 끼얹어도 꺼지지 않는 방식으로

우리 일이 아니라면 누구의 일인가

꾸준히 두려워하는 방식으로

　　　　　　뒤라도 한번 돌아볼까 하는 호기심마저

　　　　　　　사라질 때까지

　　　　　　　저 앞에서,

아는 사람이 나를 부른다.

우리끼리도 잘 살아

에필로그

웹진 〈쪽〉을 보았다. 처음 보는 사이트였고, 처음 보는 글들이
꽤 많이 올라와 있었다. 카테고리를 선택해 올라온 글들을 하
나하나 읽기 시작했다. 재미있었다. 만난 적 없는 사람들에게
찾아가 하나둘씩 인사를 나누는 기분이었고, 그것만으로도 어
떤 교감이나 공감대를 이루기 충분해 보였다. 그러다 보니 한
가지 욕심이 생겼다. 나에게도 만난 적 없는 사람들이 찾아왔으면 좋
겠다.

때마침 웹진 〈쪽〉에서 원고 투고를 받고 있었다. 최대한 빠
르게 일을 만들기 시작했다. 무엇을 쓰고 싶은지, 어떻게 쓸 것
인지, 이것으로 하여금 내가 달성하려는 목표는 무엇인지 대답
을 내놓는 일은 의외로 쉬웠다. 나는 여성들로만 이루어진 '비
정상' 가족에 대해 쓰고 싶었고, 우리가 겪은 일이지만 타인 또

한 겪을 수 있는, 혹은 이미 겪었을 일들에 관해 이야기하고 싶었다. 최대한 쉽게 쓰는 것. 대신 솔직하고 생생하게 털어놓는 것. 이는 '어떻게 쓸 것인가'의 대답이 됐다.

달성하려는 목표는 딱 하나였다. 연재를 하면서 원고들을 묶어 단행본으로 출간을 하는 것이다. 사실 이러한 목표는 그렇게 오래되지 않은 때, 동료와 함께 술을 먹던 자리로부터 비롯됐다.

자주 술을 마시고 시 이야기를 나누는 동료 유운과의 술자리였다. 여느 때처럼 웃고 떠들고 놀다 문득 우리는 각자의 단행본 이야기에 빠져들었다. 제도권에 관해 이야기하고, 권위에 관해 이야기하고, 목표에 관해 이야기하다가, 유운이 내게 이런 질문을 던졌다.

"소리 님은 그래서 뭘 하고 싶어요? 등단하고 싶어요, 시집을 내고 싶어요?"

살면서 가장 크게 나를 바꾼 질문으로 꼽을 정도로 유운의 질문은 날카로웠다. 그 질문에 관해 나는 잠시 생각을 했고, 수많은 물음을 들춰 보고 수색하고 수사하길 반복하다가……

이렇게 대답했다.

우리끼리도 잘 살아

"에세이집을 내고 싶어요."

"우잘살(우리끼리도 잘 살아)을 내고 싶어요."

그때부터 내 태도는 조금 더 가벼워졌고, 조금 더 솔직해졌고, 조금 덜 비밀스러워졌다. 성의가 없어졌다는 말은 절대 아니다. 다만 사람들에게 나를 들키고 싶었다. 우리가 이렇게 산다고, 이런 일을 겪는다고, 그럼에도 살아가고 있다고, 낱낱이 해부되고 공개되고 싶었다.

이런 것은 대체로 재미있다.

연재를 시작한 지 몇 달이 지나고 그동안 써 둔 원고와 기획안으로 여러 출판사의 문을 쾅쾅 두드렸다. 처음이었으므로 어떤 식으로 투고해야 하는지, 이렇게 하면 되는지 물어볼 곳도, 또 대답해 줄 곳도 없었으나, 무식하게 일단 부딪쳤다. 그러다 문이 열렸고, 누군가 내게 들어오라 했다. 대화를 나눌 수 있냐기에 나는 그렇다고 했고, 편집장님과 나는 만나 여러 이야기를 나누었다.

"이건 제가 누구보다 가장 잘할 수 있는 이야기예요."

세상에 글 잘 쓰는 사람은 수두룩하다. 이를테면 이미지를 놀랍게 묘사하는 시인, 천연덕스럽게 이야기를 밀고 나가는 시인, 새롭고 유려한 세계를 잘 보여 주는 시인, 기존의 형식을 파괴하며 나아가는 시인, 소수자의 욕망을 시적으로 형상화하는 시인, 강한 페이소스를 전달하는 시인 등등.

실제로 나는 이런 말을 자주 했었다. "이것에 대해서는 나보다 더 잘 이야기할 수 있는 사람이 있을 거야"라거나, "나는 내가 아니면 할 수 없는 이야기를 해 보고 싶어"라거나, "글 잘 쓰는 작가들은 많으니까, 나는 문신이 제일 많은 작가가 되겠어!" 같은 말들. 이런 말을 할 때 나는 열등감을 느끼지 않았고 행복했다. 언젠가 꼭 나만이 할 수 있는 것을 이야기하는 그런 작가가 되기를 바랐다.

작가가 되는 법은 간단하다.

글을 쓰고,

그 글을 읽어 주는 독자가 있으면 된다.

단 한 명이라도.

비록 출간될 책의 완성을 위해 웹진 연재를 중단했고, 완성하고 떠날 줄 알았던 원고들은 분량 조절 실패로 '다음 편에 계속' 같은 말을 남기고 끝을 맺었지만, 대신 그보다 더 재미있고 생생한 일들이 내 연재 글을 읽어 왔던 사람들과 책으로 출간되면 읽어 나갈 사람들에게 전달될 것이라는 믿음이 있다.

'처음'을 만들어 준 웹진 〈쪽〉 운영진에게 감사를 전한다. 연재 당시 매번 마감 날짜를 지키지 못해 허우적대던 나는 아무래도 그리 좋은 연재 작가는 아니었지만, 그럼에도 섬세히 들여다봐 준 희음 님과 독자분들께 더 큰 감사를 드리겠다. 더는 연인 사이가 아니게 되었으나 따뜻한 양손으로 나를 응원해 주던 차도하에게, 나를 자신의 자랑으로 여겨 주던 재인과 정윤, 세은과 정민에게, 낯설지만 친밀한 기분으로 함께 글을 써 온 '아는사람'들에게, 나의 이야기를, 이야기의 가능성을 발견해 준 어떤책의 김정옥 편집장님에게도 감사의 말을 전한다.

마지막으로 내가 사랑하는 모든 여자들에게.
지금껏 살아 있어 줘서 고마웠다고,
앞으로도 잘 살아 보자고 고백한다.

그리고 앞서의 질문, '우리끼리도 잘 살아', '우잘살'은 부정과 긍정, 둘 중 어디에 가까울까? 라는 질문에 책 출간을 코앞에 두고서야 제대로 대답해 보려 한다. 과거에서 전송된 질문에 지금의 내가 할 수 있는 대답을.

'우잘살'은 부정과 긍정, 그 어느 쪽도 아니다. 이제 막 부정에서 긍정이 '되려는' 글이다. 죽거나 살지 않고 그저 살아 '있으려는' 글이다. 불행하지도 행복하지도 않고 그냥 행복'하려는' 글이다. 과거도 미래도 아닌, 그저 현재를 걷는 글이다.

암 진단을 받은 뒤, 20여 년 만에 이혼 도장을 찍게 된 50대 수자와 일찍 독립해 집을 나온 레즈비언 첫째 딸 소리, 막 자취를 시작한 바이섹슈얼 둘째 딸 윤희, 중성화한 암컷 고양이 라이와 디디, 그리고 딩딩의 이야기.

우리끼리도 잘 살아?

.

.

.

그럼. 잘 살아.

우리끼리도 잘 살아

우리는 서로의 아는 사람이다

성현아(문학평론가)

1. '집 안의 천사'와 함께 살아가기

버지니아 울프는 글을 쓰기 위해 '집 안의 천사'를 죽였다고 이야기한 바 있다. '집 안의 천사'는 가정적인 여성을 이상화하는 코벤트리 패트모어의 시에서 따온 말로, 부당한 요구에도 반기를 들지 않고 오로지 헌신하는 다소 끔찍한 여성상을 의미한다. 타인의 욕망을 우선시하여 한없이 상냥하게 굴며 자기 생각을 드러내기보다 정숙함을 미덕으로 여기는, 가부장제에서 성녀라 칭송받는 여성 말이다. 그러므로 버니지아 울프가 말하는 '집 안의 천사'란 외부의 압박을 체화한 여성이 자신을 스스로 옭아매며 만들어 내는 내면의 목소리라 할 수 있다. 그는 내부의 검열관인 이 유령을 최선을 다해 죽여 버렸다고 고백한다. 또한 그것이 자기 글을 쓰기 위해 "여성 작가가 해내야 할

일"""이라고 덧붙인다.

'집 안의 천사'는 여성 작가인 한소리에게도 지겹게 들러붙어 있다. 보수적인 말로 상처를 주는 사람들의 형상으로 나타나기도 하고 누군가 자신을 해하리라는 망상으로 출현하기도 한다. 에세이 속에서 내내 천사는 한소리의 주변을 어른거리고, 미련하게 그를 붙잡고 늘어지며, 그의 의식 전반을 지배하고서 그가 시도하고자 하는 일들을 방해하기도 한다. 아예 삶을 포기하라는 저주를 퍼부을 때도 있다. 주목할 점은 한소리가 그 천사를 죽이지 않는다는 점이다. 그는 그런 망령 또한 자신의 일부임을 받아들인다. 사회적 요구에 순응하도록 교육받아 왔으면서도 그러한 억압이 부당함을 직감하여 그로부터 벗어나고자 하는 여성들, 이들이 보이는 양가성은 차별이 만연한 사회를 살아 내며 필연적으로 갖게 되는 특성이다. 자기 목소리를 내려는 현시대의 여성들은 논리적 허점 없이 일관된 주

버지니아 울프, 《집 안의 천사 죽이기》, 최애리 옮김, 열린책들, 2022, 16쪽.

우리끼리도 잘 살아

장을 펼칠 것을 강요받는다. 여성을 노골적으로 차별하고 멸시하기는 어려워진 시대에서 '제대로 된 페미니즘', '올바른 페미니즘'이라는 새로운 형태의 족쇄가 고안된 셈이다. 한소리는 그 교묘한 훼방에 굴하지 않고 외부와 내부의 혼란마저 꿋꿋이 기록하며 천사와의 동거가 불가피하다는 점을 그려 낸다.

그는, 양가감정에 시달리면서도 더 멋지게 살아 보려는 여성들을 담담한 어조로 그린다. 여성들은 여전히 자기 안의 천사에게 들볶이고 바깥에서 쏟아지는 비난에 위축되며 서로에게 잔인하게 굴기도 한다. 여성들의 연대는 〈눈치게임〉에서 확인할 수 있듯 자주 실패한다. 소리는 눈치를 보다 안식처가 되어 주지 못하는 집에 윤희를 두고 떠나고, 윤희와 소리는 힘겹게 둘을 건사했으나 상처를 주기도 한 수자 씨를 등지기도 한다. 그렇지만 한소리는 자신에게 실망할지언정 그런 면모를 치부라고 여기거나 숨기지 않는다. 그는 양면적인 자신을 받아들이며 오히려 "세상에서 가장 불확실한 사람"(254쪽)이기를 자처한다. 그는 가부장제의 그늘에서 벗어난 합리적인 판단으로 부모의 이혼을 종용하고 이들이 이혼한 후에는 부모의 선택을 존중해 준다. 자신이 레즈비언임을 확인하는 순간에도 새로이 알게 된 자신의 성적 지향을 기쁘게 맞이할 줄 안다. 그러다 또 어떤 순간에는 한없이 비난에 취약해지며, 타인의 시선을 내면화하여 그에 맞추기 위해 애쓴다. 한소리는 여전히 '집안의 천사'에게 시달리고 있다. 그러나 그는 천사와 함께 살아가며 전전긍긍하는 자신을 그대로 내보인다. 더불어 그 천사로부터의 완전한 독립은 있을 수 없다는 사실도 분명히 한다.

2. 나의 나 됨을 선언하다

한소리는 불완전한 자신을 적극적으로 들키려 할 뿐, 무엇이 옳은지 판단하지 않는다. 천사를 죽이고 당당하게 글을 쓰는 여성도, 천사에게 시달리며 삶을 이어 나가는 여성도, 천사로 남고자 하는 여성도, 천사를 견딜 수 없어 죽어 간 여성도 모두 틀리지 않다고 말해 주는 듯하다. 그는 어떻게 행동해야 한다는 강령을 내밀거나 어딘가로 사람들을 인도하기 위해 선봉에

우리끼리도 잘 살아

서지 않는다. 무엇이든 그냥 그렇다, 라고 이야기한다. 내 마음
이 그렇고 내가 이렇다. 내 주변은 내가 보기에 이런 것 같고,
확실하지는 않지만 나는 이렇게 느낀다. 주장이 아니기에 반
박하기 어렵고 복잡하게 논증할 필요도 없는 그녀의 말들은 묘
하게도 선언의 방식으로 흐른다.

> 28세 한소리, 나는 레즈비언이다.
> (중략) 이를 알게 된 계기는 아주 평범했다. 왕십리에 위치
> 한 술집에서 친구와 술을 마시고 있는데, 술집 직원분에게
> 자꾸 눈길이 갔다. (중략) 의아했다. 왜 여자에게 이런 생각
> 이 드는 거지? 설마 나 여자 좋아하나? 드라마나 영화 보면
> 이럴 때 주인공은 충격에 휩싸이며 혼란스러워하고 아니야,
> 아닐 거야, 라고 중얼거리며 눈물까지 흘리던데 나는⋯⋯
> 기뻤다. 새로운 나를 발견한 기분이었다.
> —〈전 L입니다〉 부분

선언한다는 말 뒤에는 왠지 '누구누구는 오늘부터 내 여자 다'와 같은, 여성을 도구화하며 으스대는 남자 주인공의 말이 따라붙어야 할 것 같다. 그런 드라마에 꾸준히 노출되어서일 까. 우리에게 익숙한 선언은 대개, 내 여자에게 접근하지 말라 는 경쟁자를 향한 경고와 자기 우월성의 표출을 목적으로 한 다. 그런데 한소리의 선언은 자기표현에 머문다. 다른 누구를 왜곡하거나 경계하지 않는다. 그저 자신이 레즈비언임을 밝히 며, 이를 받아들이든 말든 개의치 않고 자신은 어떤 스타일의 여성을 좋아하는지 이야기한다. 옳고 그름을 판별하는 일과는 거리를 둔 채 '나는 이렇다. 그러니 당신들은 내가 이러하다는 점에 유의하라'고 말해 준다. 여성을 좋아하는 자신의 성적 지 향을 확인할 때도, 한소리는 "새로운 나를 발견한 기분"을 느 끼며 기뻐할 뿐이다. 강제적으로 이성애를 주입받아 왔음에도 동성에게 끌리고, 남자친구들을 사귈 때는 몰랐던 새로운 감정 을 느끼는 자신에 대한 애정이 묻어난다. 자신의 성 정체성을 마주하고 혼란스러워하거나 절망하는, 드라마나 영화에서 편

우리끼리도 잘 살아

협하게 재현되던 동성애자들의 모습과는 확연히 다르다. 한소리는 오로지 '나 자신'에게 초점을 맞추고 있다. 그는 무엇이 정상적인 성애로 규정되는가 하는 고루한 사회의 기준에는 큰 관심을 두지 않는다. 더불어 "남의 눈치를 볼 바에야 남이 내 눈치를 보게 만들겠다"(19쪽)는 생각으로 자신의 SNS 프로필에 레즈비언임을 밝혀 놓는다. 물론 이때에도 그는 정신적 · 물리적 피해를 감당하기 어려워 성적 지향을 오픈하지 않는 퀴어들을 이해하고 존중한다. 한소리는 자신처럼 해야 한다거나, 이렇게 하는 편이 옳다고 주장하는 법이 없다. 다만, 그녀의 전략은 이런 것이다. 자신을 충분히 드러내어 정보를 더 많이 알고 있는 쪽에서 먼저 조심하고 예의를 갖추도록 만든다. 우리를 생경해하거나 비난하고 싶어 하는 이들, 또는 정상성과 평범함에 집착하는 이들이 눈치를 볼 수밖에 없도록 만드는 역전이다. 더불어 불완전한 우리가 우리끼리도 잘 살아가는 모습을 내보이며, 완전함이 그다지 필요하지 않다는 점을 알게 한다. 이는 그저 나 됨으로의 선언이지만, 그 선언으로 인해 이 사회의 중심이 '나'로 수렴하게 되며 삶의 요건 또한 '나'를 기준으로 재편된다.

3. 그럼에도 불구하고가 아닌 '그래서'

《우리끼리도 잘 살아》의 가장 큰 미덕은 '비정상'이라는 낙인을 극복해야 할 역경으로 서사화하지 않는다는 점이다. 비정상으로 치부되지만, 그래도 괜찮다, 그런 존재들도 잘 살 수 있다는 진부한 위로가 아니다. 한소리에 따르면, 고리타분한 정상으로부터의 이탈은 그 자체로 멋지고 특별하다. 그는 그 독특함을 높이 평가하며 수자와 윤희, 소리 자신과 고양이 라이에게 '멋'을 부여한다. 《우리끼리도 잘 살아》는 이혼한 50대 여성임에도, 문신이 많은 레즈비언임에도, 바이섹슈얼임에도, 버려졌다 중성화수술을 마친 고양이임에도, 그럼에도 불구하고 잘 살게 되었다는, 고난을 딛고 일어서는 성공기가 아니다. 그래서 멋있고, 그래서 특별하고, 그래서 더 아름다운 삶을 살아 보려 하며, 충분히 잘 살 수 있다는 당위를 부여받는 이야기다. 과감하게 설정된 인과는 에세이 속에서 끊임없이 반복되며 설득력을 얻는다. 우리는 특이하고 괴상하고 비정상적이다. 무엇이라고 재단할 수 없을 만큼 독특하고 그래서 멋지다. 이러한 인과는 원인인 비정상성에 긍정적 의미를 부여한다. 매 순간 불확실하기 때문에 오히려 우리는 고정되어 있지 않고 유동하는 자리로, 다른 삶을 살 수 있는 가능성의 자리로 나아갈 수 있다. 여전히 불완전하지만, 완전하지 않기에 부족한 틈새를 파고들며 서로가 서로를 껴안을 수 있게 된다. 그러므로 에세이를 쓰고 읽으며, 서로가 서로를 알아 가는 이 과정에서 우리가 얻게 되는 것은 오로지 '멋'이다. 어떤 모습이든 그것은 당신의 멋짐에 관여하는 가장 중요한 조건이 될 뿐이다.

4. 우리는 모두 누군가의 아는 사람이다

이 에세이집을 다 읽고 나면 우리는 한소리라는 사람을 알게 된다. 그는 때로는 소심하나 누구보다 용기 있고, 불행하지만 더없이 행복하고, 자주 우울하지만 죽지 않으며, 생일 다음 날에 죽기로 결심했다가도 살아서 자신의 장례식을 주최할 만큼 유별나다. 비난받을까 두려워하면서도 다들 내 눈치를 보라고 당당하게 외치기도 한다. 이처럼 넓은 스펙트럼을 지닌 그에게서 누구라도 자신을 읽어 낼 수 있기에 독자는 한소리의 아는 사람이 된다. 한소리는 자신과 비슷한 면모를 지닌 당신, 지금 이 에세이를 읽은 당신을 이미 알고 있다. 따라서 "우리는 이상한 사람, 특이한 사람, 위험한 사람, 피해야만 할 사람이 아닌 그저, 누군가의 '아는 사람'"(53쪽)이 된다.

우리는 모두 누군가의 아는 사람이다. 사람을 안다는 것, 그 사소한 앎은 한 사람을 보는 관점 자체를 바꾸어 놓는다. 누군가를 안다는 사실은 우리를 숱한 평가로부터 멀어지게 한다. 이해한다는 무책임한 위로나 누구든 존중받아야 한다는 거대한 윤리와도 결별한다. 아는 사이는 곧 서로 이해해 보려 노력해야 하는 관계라는 뜻이다. '당신은 내가 아는 사람'이라는 말에는 당신이 이해할 수 없는 행동을 하더라도, 당신을 온전히 헤아릴 수 없더라도 당신에게 그럴 만한 이유가 있으리라

우리끼리도 잘 살아

고 먼저 생각해 주겠다는 다정한 약속이 담겨 있다. 그러므로 한 사람을 알아 가는 일은 명확한 기준으로부터 서서히 벗어나는 일이 된다. 언젠가 당신에게서 받은 형용하기 어려운 인상과 사람 대 사람으로 나누었던 정서, 당신이 주었던 독특한 감각은 뚜렷한 평가의 기준을 흐트러뜨린다. 우리는 서로를 알아 감으로써 고정된 기준을 허무는 사이가 되어 볼 수 있다. 서로를 아는 우리, 서로를 보증하는 우리는 잘 살 수 있다고, 이미 잘 살아왔으며, 앞으로 더 멋진 삶을 살게 될 거라고, 한소리는 자신의 삶을 통해 당신의 미래를 예견하고 있다. 한소리의 아는 사람이 된 당신, 장담하건대 당신은 당신인 채로도 잘 살 수 있다.

우리끼리도 잘 살아

We Live Well by Ourselves

ⓒ 한소리, Printed in Korea

1판 1쇄 2022년 7월 25일
ISBN   979-11-89385-31-6

지은이. 한소리
펴낸이. 김정옥

편집. 김정옥, 조용범, 눈씨 **마케팅.** 황은진 **디자인.** 디자인 안녕
종이. 한승지류유통 **제작.** 정민문화사 **물류.** 런닝북

펴낸곳. 도서출판 어떤책 **주소.** 03706 서울시 서대문구 성산로 253-4 402호
전화. 02-333-1395 **팩스.** 02-6442-1395 **전자우편.** acertainbook@naver.com
블로그. blog.naver.com/acertainbook **페이스북.** www.fb.com/acertainbook
인스타그램. www.instagram.com/acertainbook_official

안녕하세요, 어떤책입니다. 여러분의 책 이야기가 궁금합니다.

블로그 **blog.naver.com/acertainbook**
페이스북 **www.fb.com/acertainbook**
인스타그램 **www.instagram.com/acertainbook_official**

점선을 따라 가위로 오려서 보내 주세요. 우표 없이 우체통에 넣으시면 됩니다. ✂

보내는 분

이름

주소

이메일

도서출판 어떤책

03706 서울시 서대문구 성산로 253-4 402호

저희 책을 읽어 주셔서 감사합니다. 독자엽서를 보내 주시면 지난 책을 돌아보고 새 책을 기획하는 데 참고하겠습니다.

1. 《우리끼리도 잘 살아》를 구입하신 이유

2. 구입하신 서점

3. 이 책에서 특별히 인상 깊은 부분이 있다면 무엇인가요?

4. 한소리 작가에게 하고 싶은 말씀이 있다면 들려주세요. 대신 전해 드립니다.

5. 출판사에 하고 싶은 말씀이 있다면 들려주세요.

보내 주신 내용은 어떤책 SNS에 무기명으로 인용될 수 있습니다. 이해 바랍니다.

점선을 따라 가위로 오려서 보내 주세요. 우표 없이 우체통에 넣으시면 됩니다. ✂